中华文化丛书

Collection Cultures Chinoises

Serie sobre la Cultura China

Chinesische Kultur für die Welt

中華文化シリーズ Collection Cultures Chinoises

Chinese Culture Series

Serie sobre la Cultura China 中華文化シリーズ

Chinesische Kultur für die Welt

中华文化丛书

Chinese Culture Series

孙子的战争智慧

◎钟少异 著

江 西 出 版 集 团
百花洲文艺出版社

中华文化丛书

ZHONGHUA WENHUA CONGSHU

编辑工作委员会

致 读 者

　　中华文化是世界上最古老的文化之一，也是中华民族智慧的结晶。它丰富的内涵，不仅充分表现出以华夏文化为中心的统一性，而且有着非常明显的多民族特点。中华文化的统一性，在中国历史上的任何时刻，即使是在多次的政治纷乱、社会动荡中，都未曾被分裂和瓦解过；它的民族性则表现在中国广袤疆域上所形成的多元化的区域文化和民族文化。而在悠久的历史长河中，随着中外文化交流的频繁，中华文化又吸收了许多外来的优秀文化。它的辉煌体现在哲学、宗教、文学、艺术里，它的魅力体现在中医、饮食、民俗、建筑中。数千年来，它不仅滋养着炎黄子孙，而且对世界其他地区的历史与文化产生了重要的影响。

　　在进入 21 世纪的今天，越来越多的人对中华文化产生了浓厚的兴趣。许多国家兴起了学汉语热，来中国的外国留学生也以每年近万人的速度递增。近年来，一些国家还相继举办了"中国文化节"，更多的外国朋友愿意了解、认识古老而又现代的中国。

　　为了展示中华民族的优秀文化，促进中华文化与世界各国文化之间的交流，我们策划、编撰了这套"中华文化丛书"（外文版名称为"龙文化：走近中国"）。整套丛书用中文、英文、法文、日文、德文、西班牙文，向中外读者展现了中华文化的丰富内涵。在来自不同领域的百余位专家、学者的笔下，这些绚丽的中华文化元素得到了更细腻、更生动、更详尽、更有趣的诠释。

　　整套丛书共分 36 册，从《华夏文明五千年》述说中国悠久的历史开始，通过《孔子》、《孙子的战争智慧》、《中国古代哲学》、《科举与书院》、《中国佛教与道教》，阐述中华民族精神文化的不同基因与思想、哲学发展的脉络;通过《中国神话与传说》、《汉字与书法艺术》、《古典小说》、《古代诗歌》、《京剧的魅力》,品味中国文学从远古走来一路闪烁的艺术与光芒;通过《中国绘画》、《中国陶瓷》、《玉石珍宝》、《多彩服饰》、《中国古钱币》,展示中国古代艺术的绚烂与多姿;通过《长城》、《古民居》、《古典园林》、《寺·塔·亭》、《中国古桥》,回眸中国古代建筑史上的璀璨与辉煌;通过《民俗风韵》、《中国姓氏文化》、《中国家族文化》、《玩具与民间工艺》、《中华节日》,追溯中国传统礼仪、民俗文化的起源与发展;通过《中医中药》、《神奇的中医外治》、《中华养生》、《中医针灸》,领略中国传统医学的博大与精深;通过《中国酒文化》、《中华茶道》、《中国功夫》、《饮食与文化》,解读中国人"治未病"的思想与延年益寿的养生方法;通过《发明与发现》、《中外文化交流》,介绍中国科技发展的渊源与国际交流合作之路。

这套丛书真实地展现了中华文化的方方面面,作者以通俗生动的语言,在不长的篇幅内,图文并茂地讲述了丰富的历史、故事、传说、趣闻,突出知识性、可读性和趣味性,兼顾多国读者的阅读习惯,很适合对中华文化有兴趣的中外大众读者阅读。

参加本套丛书外文版翻译工作的人士,大都是多年生活在海外的华人学者,校译者多为各国的相关学者。在本套丛书出版之际,谨向这些热心参与本项工作的中外人士致以崇高的敬意和感谢。

本套丛书由中国山东教育出版社、中国百花洲文艺出版社和中国湖南科学技术出版社联合出版。2009 年 9 月,中国将作为主宾国,参加在德国法兰克福举办的国际书展。我们真诚地希望,这份凝聚着中国出版人心血的厚重礼物能够得到全世界读者的喜爱。

卢祥之

2009 年 1 月 15 日

《孙子兵法》竹简（汉）

目录

引 言

　　《孙子兵法》问世于公元前6世纪末，它是中国也是世界现存最古老的军事理论著作。关于这部书及其作者孙子，中国明朝的军事著作家茅元仪（公元1594～约1644年）曾说过一句话："前孙子者，孙子不遗；后孙子者，不能遗孙子。"其中有这样的意思：早于孙子的军事思想，孙子进行了继承和总结；晚于孙子的军事家，都不能脱离或忽视孙子。他这句话还只是基于中国早期历史的一个评论。20世纪60年代，英国战略学家利德尔·哈特则从世界历史的宽广视野作出了这样的评价："《孙子兵法》是关于战争艺术的最早论述，就其对战争艺术论述的广泛性和对战争艺术的理解深度而言，到目前为止尚没有被超越。《孙子兵法》可说是集中了战争的核心智慧。在过去的军事思想家当中，只有克劳塞维茨可与之媲美。尽管克劳塞维茨的著述比《孙子兵法》晚了两千多年，但相比较而言，《孙子兵法》却更加切合时宜，更能跟上时代的变迁。孙子具有更明确的远见、更深入的洞察力、更持久的生命力。"

2006年中国国家主席胡锦涛访问美国时，曾将一部用中国丝绸印制的《孙子兵法》作为礼物送给布什总统。这件事当时受到了国际媒体的广泛关注，也进一步引起了世人对《孙子兵法》的兴趣。孙子究竟是怎样一个人？《孙子兵法》又是怎样一部书？他提出了哪些重要的军事理论？他对战争问题是怎样看的？让我们一起来领略一下孙子的世界吧。

◀ 彩绘骑兵俑（汉）

■ 跪射俑（秦）

孙子与《孙子兵法》

孙子的时代和生平

　　我们今天所称的"孙子"，如同"孔子"、"老子"一样，都是后人对他们的尊称。在中国历史上，只有大学者、大思想家、大教育家，才能够被称为"子"。实际上孙子姓孙名武，与孔子（公元前551～前479年）大体同时，生活于中国古代的周朝。为了了解孙子的生平和时代，这里有必要简单追溯一下中国的早期历史。

　　大约公元前 21 世纪，诞生了中国古代的第一个王朝——夏；公元前 16 世纪，夏朝被商朝所取代；公元前 11 世纪，商朝又被周朝所取代，所以周朝是中国古代的第三个王朝。这个王朝刚建立的时候，定都于黄河中游的一条支流——渭水

◀ 周初诸侯国的分布

之畔（位于今陕西省长安县），同时周王把同姓和异姓的高级贵族分封到全国各地，建立起许多诸侯国。当时在中国东部面临渤海的地区（今山东省的东北部），建立了一个大诸侯国，称为齐；在中国中部的中原地区，有一个小诸侯国，称为陈（都城位于今河南省淮阳县）。孙子的身世，就与周朝的这两个诸侯国密切相关。

公元前771年，位于渭水滨的周朝都城镐京被中国西部的一支游牧部族犬戎攻克，并遭到破坏。周朝被迫于次年把都城向东迁徙到黄河下游支流洛水之畔的洛邑（位于今河南省洛阳市）。由于遭受这次沉重的打击，周朝王室的力量被严重削弱，丧失了对诸侯国的控制力，各诸侯国于是互相兼并，扩张领土，争夺霸权。诸侯国之间的争霸和兼并战争，又一步步发展成为大规模的国家统一战争，最终由西部的大诸侯国——秦（位于今陕西省），于公元前221年统一了整个中国，从而建立起秦朝。完成这一伟大功业的人就是秦始皇。总之，周朝的后半段历史从迁都开始，与旧秩序的瓦解相伴随，在秦的统一战争中终结，整整历时 550 年。中国历史学家通常根据周朝前后两个都城的相对位置，把周朝的前半段称为西周，而把周朝的后半段称为东周。又把东周区分为两个时期：从公元前770年到公元前476年，称为春秋时期，因为孔子曾编过一部记述这段历史的书，就题为《春秋》；从公元前475年到公元前221年，称为战国时期，因为这是一个通过诸侯国间的激烈战争而迈向统一的时期。孙子生活的时代，具体说就处于春秋的晚期；有可能他去世的时候，已经是战国时期的初年了。

孙子的祖先本是陈国的王族。公元前672年陈国发生内乱，陈国的一位王子陈完逃到齐国避难，被当时齐国的国君齐桓公任命为"工正"，即负责管理手工业的官员。于是陈完就在齐国定居了下来，并改姓名为田完。经过几代人的努力，田氏逐渐发展成为齐国的豪门大族，成为贵族中势力非常强大的一派，密切地参与了齐国的军政事务，并发挥着越来越大的作用。

随着门第的壮大，田氏族中人才辈出，涌现了许多名将。孙武的祖父叫田书，是

◀ 铜短剑（东周）

田完的五世孙。田书是一位勇将，在齐国攻打邻近的小诸侯国时立了战功，当时的国君齐景公特意赐他为孙氏，以示嘉奖。春秋时期，姓是全族的共同称号，氏是族中某一支派的称号。于是，田书这一支，就以田为姓，而以孙为氏。久而久之，姓、氏混同，田书后人便直接以孙为姓了。

与孙武祖父田书差不多同时活跃于齐景公手下的，还有一位大将军司马穰苴，也属于田氏族中的一支。在一次作战中，齐景公以司马穰苴为统帅，以宠臣庄贾为监军。庄贾自恃得到国君的宠信，目无军纪，与亲友饮酒作别而误了军期。司马穰苴三次击鼓传令，部队集结完毕，庄贾才醉醺醺地来到，还满不以为然。司马穰苴大怒，果敢地将他斩首示众。三军震动，于是作战中人人奋勇争先，取得了大捷。

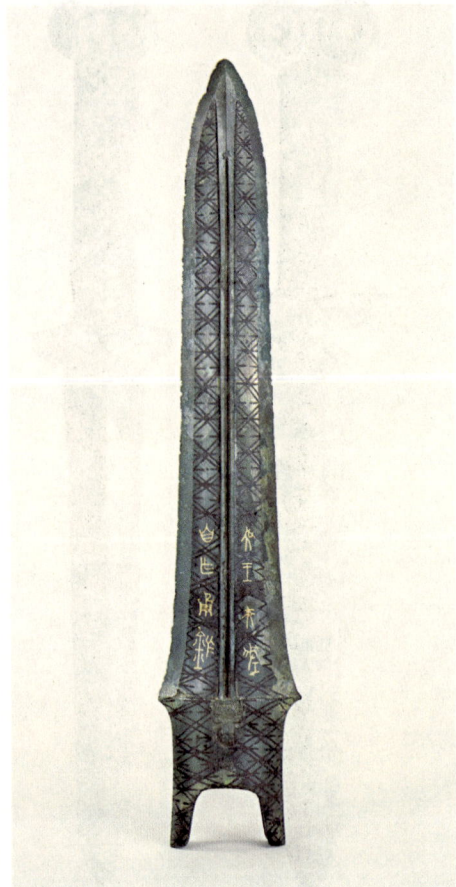

吴王夫差铜矛
（春秋晚期）

孙武出生于这样一个名将辈出的家族，成长于王朝秩序瓦解、战争多发的时代，自小就受到浓厚的尚武风气的熏陶，养成了对军事问题的强烈兴趣。

家族丰厚的军事经验积累，时代频繁而激烈的

4

战争，则为孙武研究军事问题，对战争进行深入的理性思考，创造了极其有利的条件。

公元前532年，齐国发生内乱，田氏作为齐国权力中心举足轻重的豪门，被深深卷入了内乱的旋涡。出于某种原因，孙武在这个时候离开齐国，来到了南方的吴国。吴国也是周朝的一个诸侯国，建立于长江下游以太湖为中心的地区（包括今江苏省南部和浙江省北部），定都姑苏（今苏州市）。孙武来到吴国后，大概就在都城姑苏附近隐居下来，一面潜心研究兵法，一面留心观察吴国的政治动向。

这个时候，在周王朝的权力秩序瓦解、各诸侯国互相兼并攻杀的大背景下，南方长江中下游的三个诸侯国——楚国、吴国和越国也陷入了激烈的争斗之中。楚国位居长江中游，是一个传统的诸侯大国；吴国和越国位居长江下游，大体上吴国在钱塘江之北，越国在钱塘江之南，两国的实力都在迅速崛起。当时的形势，楚国与越国联合对付吴国，吴国则与中原地区的诸侯大国——晋国结盟，与楚国和越国相抗衡。公元前514年，雄心勃勃的吴王阖闾即位后，为了打败楚国和越国，建立霸业，广泛招揽人才。于是，孙武就以自己所著的《兵法十三篇》进献吴王，得到了吴王的召见。历史在这一刻出现了极具传奇色彩

5

吴宫演兵 ▶

的一幕，《孙子兵法》这部伟大的军事著作就在这传奇一幕中现身于世。

中国古代最伟大的史学家司马迁在他的巨著《史记》中生动记述了这一幕：

孙武以兵法晋见吴王阖闾。

阖闾问："先生的兵法十三篇，我都看了，可以小试一下指挥队伍吗？"

孙武回答："可以。"

阖闾又问："可以用妇女试演吗？"

孙武说："可以。"

于是吴王让人从宫中选出180个宫女交给孙武操演。

孙武把宫女分成两队，分别用吴王的两个宠姬当队长，命令她们都拿上戟，然后向她们宣讲操练的要领。

孙武问："你们知道自己的前心、左右手和后背吗？"

宫女们回答："知道。"

6

孙武说:"向前,就看前心所对的方向;向左,看左手方向;向右,看右手方向;向后,转朝背的方向。"

宫女们回答:"知道了。"

于是孙武让卫士在场边设上行刑用的斧钺,反复申明军令军法,然后击鼓发令向右。谁知宫女们都弯腰大笑。

孙武说:"我讲得不够清楚,你们对规定还不熟悉,这是我的过失。"于是又把操练的要领和军纪、军法仔细交代了几遍,然后再次击鼓发令向左。

宫女们又大笑。孙武说:"规定不明确,交代不清楚,那是为将者的责任。现在操练内容、军纪、军法都已宣布明白,仍然不执行命令,就是下级军官的责任了。"于是按照军法下令把两名队长斩首。

吴王从台上看见这情形,大惊,急忙派人传令给孙武:"寡人已经知道将军善于用兵了。没有这两个美姬伺候,寡人食不甘味,寝不安席,请将军收回成命。"

孙武回答:"臣既然已经受命为将,将在军中,君命有所不受。"他坚决地把两

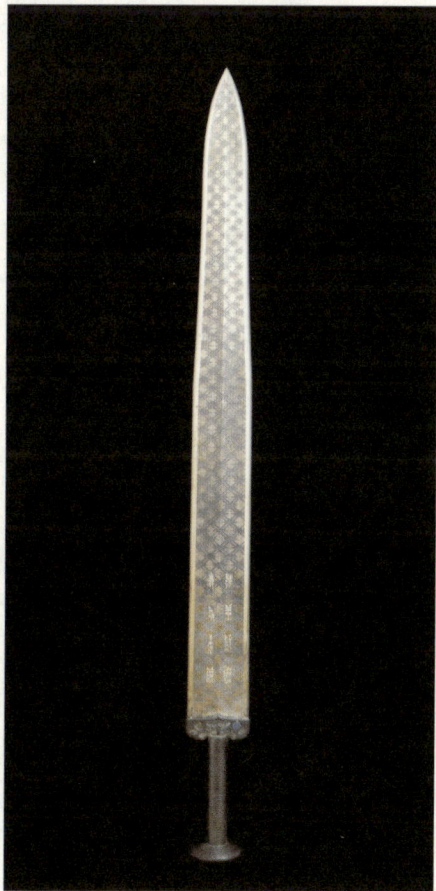

◀ 越王勾践铜剑
（春秋晚期）

7

吴王光（阖闾）铜鉴 ▶

个宠姬斩首示众。然后指令两队的排头当队长，再次击鼓发令。这一下宫女们左右前后、跪伏起立，都能够中规中矩地行动，没有一个人敢喧哗出声了。

于是孙武派使者禀报吴王："兵已经练好，请大王检阅，任凭大王的意愿使用，即使让她们去赴汤蹈火也可以。"

吴王回答："请将军回馆舍休息吧，寡人不想去看了。"

阖闾由此知道孙武能用兵，最终还是任用他为将军。

从司马迁讲述的这个故事中，我们似乎能够看到孙子的前辈司马穰苴怒斩庄贾的影子，这也体现了田氏先人治军用兵经验对孙子的某种影响。更为重要的是，孙武以自己果敢的行动，让吴王，也让世人认识到，他的兵法著作、他的军事理论不是脱离实际的纸上谈兵。所以《孙子兵法》从一诞生，就引起了统治者和军事统帅的高度重视。

此后直至公元前482年，吴国国势强盛，向西击破强大的楚国，攻入楚都郢城（位于今湖北省江陵市）；又挥师北上，威震齐、晋诸大国。在一系列战争、战役中，孙武都作出了贡献。但史书对孙武的具体活动记载很少，他个人的最后结局也不见于文献记载，其成就集中地体现于他所著的《孙子兵法》之中。由于孙武主要以其兵法著作和军事思想而受到世人的推崇，所以后人将孙子称为"大军事学家"。这一点与克劳塞维茨（Carl von Clausewitz，公元1780～1831年，普鲁士军事理论家、军事史学家）的成就和贡献主要体现于《战争论》有些相似。

《孙子兵法》概貌

世人尊称孙武为孙子，因而就把孙武所著的兵法称为《孙

◀《孙子兵法》刻本（宋）

子兵法》或《孙子》。这部书约有6,000字（一个汉字相当于英文的一个单词），与孔子《论语》、老子《道德经》各约5,000字的篇幅差不多。它们的共同特点是：语言非常简约精练，基本上采取舍事言理的格言体，几乎每一句话都进行了高度的概括，因此言简意赅，所包含的思想内容非常博大深邃。

《孙子兵法》共分为13篇，所以吴王阖闾第一次召见孙武的时候就说"你写的兵法十三篇我已经读了"，后来中国人也经常把这部书称为《孙子十三篇》。这13篇，以战争运筹和作战指导为核心，层层展开，形成了一个非常富有个性和特色的军事理论体系。我们可以先简单地看一下这13篇的篇名，相信大家对此就会有一个初步的印象：

第一篇　　计（计算）

第二篇　　作战（准备战争）

第三篇　　谋攻（谋略攻敌）

第四篇　　形（军事实力）

第五篇　　势（作战态势）

上图:金镡金首铁剑(战国)
下图:吴王夫差铜剑(春秋)

第六篇　　　虚实（虚和实）

第七篇　　　军争（争夺先机）

第八篇　　　九变（各种机变）

第九篇　　　行军（行动和驻扎）

第十篇　　　地形（地形）

第十一篇　　九地（九种作战地域）

第十二篇　　火攻（火攻）

第十三篇　　用间（使用间谍）

　　在这13篇中，孙子的论述涉及了战争观、战略战术、作战保障、军队建设、情报等广泛的内容，涵盖了军事理论的主要方面，其中许多问题都是在历史上第一次得到集中和专门的论述。下面我们就来具体地了解孙子的军事思想。

■ 威武的军俑

第一篇 《计》

论慎战

在《孙子兵法》中，孙子第一句话就提出了一个著名的论断："兵者国之大事，死生之地，存亡之道，不可不察也。"（战争是国家的大事，关系着人民的生和死、国家的存和亡，不可不慎重地研究。）

在中国历史上，政治家、思想家很早就认识到了战争的巨大破坏性，很早就出现了对战争的深刻反思，产生了战争控制的思想。

公元前 719 年，鲁国的大臣众仲曾提出："战争就像火，不收敛就会把自己焚毁。"

公元前597年，楚庄王又对汉语中代表

◀ 三孔有銎铜钺（商）

军事的"武"字做了独特解释——止戈为武。戈是中国商周时代盛行的一种青铜兵器，中国古人常用"戈"泛指武器。所以这句话的含义是"军事就是为了制止兵器的使用"，用今天的理论术语可以表述为"军事的本质是制止战争"。早期汉字是一种象形表意系统，代表军事的"武"这个字由戈的抽象图形和人的一只脚的抽象图形组成，表示使用武器的行动；但单只人脚的抽象图形在汉字中又表示停止的意思，楚庄王就巧妙地利用了这一双关性，对"武（军事）"的意义做了独到的解释。这后来在中国成为一个广泛流传的典故。

此外，比孙子稍早的道家创始人老子的话也产生了巨大影响："兵器是不吉利的器械，而非高尚者的用具，贤明的统治者只在不得已时才使用它。"

这些认识共同形成了中国自古以来对待战争的理性传统。

作为军事家的孙子深受这一传统影响，他不仅看到了战争的重要性，而且清醒地认识到了战争的巨大代价、战争的危险性和危害性。在《孙子兵法》中，他一再强调战争关系到国家的安危存亡，

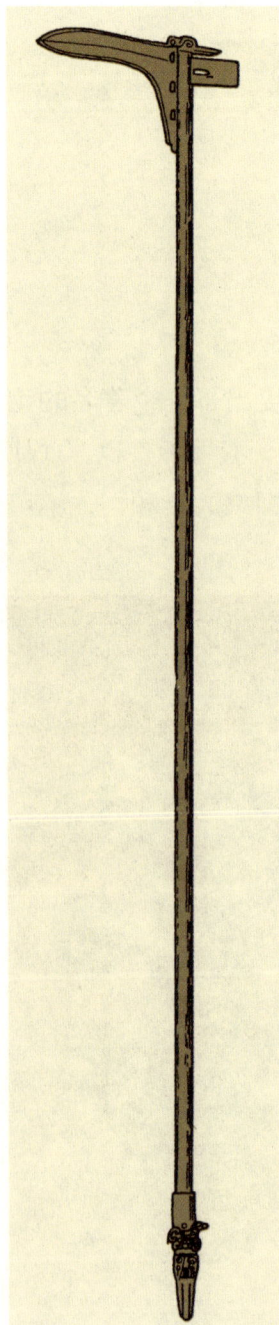

木柄铜戈（战国）▶

也多处谈到了战争对社会的扰动，对国家的耗损，以及给百姓造成的灾难。这种理性和良知使孙子坚决反对情绪化地处理战争问题，而力主审慎地对待战争，从而对人民的生命和国家的安危负责。

在《孙子兵法·火攻》篇中还有一段著名的话，集中地体现了他慎重对待战争问题的理念：

"国君不可因一时的愤怒而发动战争，将帅不可因一时的怨恨而导致战争；符合国家的利益就行动，不符合国家的利益就停止。愤怒可以重新变为喜悦，怨恨可以重新变为高兴，但国家灭亡就不复存在，人死就不能再生。所以明君对此应该慎重，良将对此应该警惕，这是安定国家、保全军队的根本之道。"

正是基于这个态度，孙子主张应认真研究和深入了解战争；也正是基于这个态度，孙子提出了"不符合利益不行动，没有取胜把握不用兵，不到危急关头不开战"的著名原则，主张

◀ 虢太子元铜戈（春秋）

15

镂雕纹铜戈（春秋）▲

把国家利益和国家安全作为兴师用兵的根本前提，把战争手段作为迫不得已的最后选择。孙子对待战争的态度，体现出高度的理智性和高度的现实性的统一。

在这些论述里，孙子多次提到了"利益"的概念，但他总是把它与人民的生和死、国家的存和亡，与安定国家、保全军队紧紧地联系在一起。由此可以看出，孙子所说的"利益"，绝不是一己的私利，也不是不足挂齿的蝇头小利，而是与国家的安全、人民的命运密切相关的国家根本利益。孙子正是主张以这样的国家根本利益作为思考战争问题的根本前提（既是出发点，也是归宿），并对战争行为采取极其理性慎重的态度，避免任何情绪化的不理智的倾向，从而真正对国家安全、对人民命运负责。

中国有句古话"从古知兵非好战"，意思是讲：自古以来，真正了解战争的人都不是好战者。孙子称得上是杰出的代表。

论主旨

由于孙子把国家安全和国家利益作为思考战争问题的出发点，所以他的军事理论一起始就表现出宏大的战略视野。

在第一篇《计》中，孙子在作了"兵者国之大事"（战争是国家大事）的论断后，接着提出了决定战争胜负的五个基本因素：一是政治，二是天时，三是地利，四是将帅，五是法制。这五大因素又表现为七个方面的具体情况，即：哪一方的君主政治更清明，哪一方的将帅更有才能，哪一方占据天时地利，哪一方制度和命令被更好地贯彻执行，哪一方军队更强大，哪一方士兵更训练有素，哪一方赏罚更严明。

孙子认为，战争的胜负是由这些方面的综合情况决定的，而不是单单取决于军事力量。因此他主张，一个国家在进行战争之前，必须先对敌我双方这些方面的情况进行比较和计算，

▼ 兽面纹铜戈（战国）

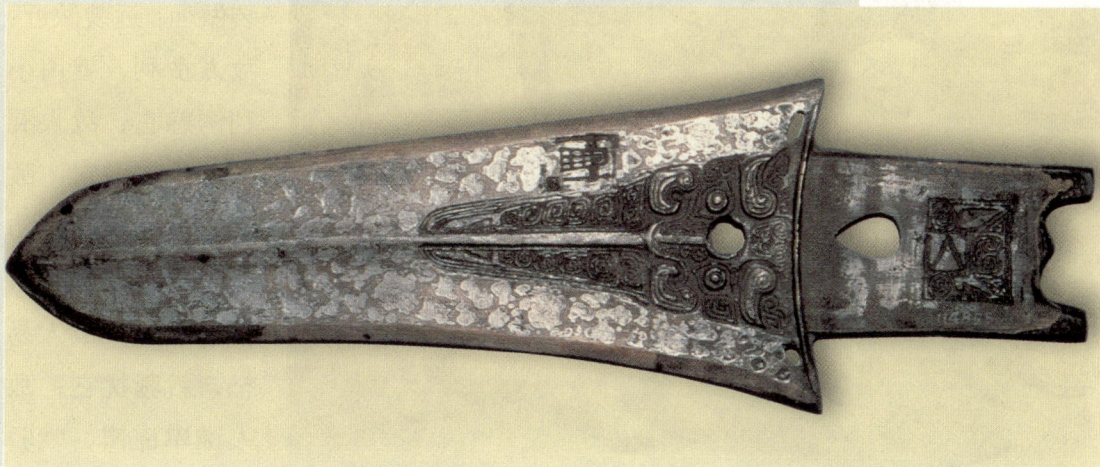

以判断胜负的情势，然后再做出慎重的决策。为此他特别提出了"庙算"的概念。"庙"指古代帝王议政的朝堂，"算"即计算。所谓"庙算"——朝堂上的计算，就是指国家高层的战略分析和评估。孙子认为，一个国家投入战争之前，统治者必须先进行这样的战略评估，在此基础上慎重进行决策。后人把孙子的这一思想概括为"未战先算"或"先计后战"（投入战争或进行作战前先进行计算和评估），这是《孙子兵法》的一个基本原则，也是孙子慎战观念的一个具体表现。

在《计》篇中，孙子在论述了"未战先算"后，紧接着笔锋一转，又提出了一个著名论断："兵者诡道也。"（战争是诡诈变化的事情。）

接着，孙子列举了作战用兵的12种具体方法：有能力装做没能力；使用装做不使用；近装做远；远装做近；敌人贪利，就用小利诱惑它；敌人混乱，就攻取它；敌人力量充实，就防备它；敌人强大，就避开它；敌人易怒，就骚扰它；敌人谦卑谨慎，就骄

陶军士俑（西汉）▼

纵它；敌人体力充沛，就拖疲它；敌人亲和团结，就离间它。最后孙子把这些方法总括为一个原则——"攻其无备，出其不意"（对敌人没有防备之处或乘敌人没有防备之时加以攻击，行动出乎敌人的意料）。与论述"未战先算"时的宏大的战略视野和理智的审慎态度形成鲜明对比，孙子在这一段话中表现出了极其机动灵活的战术家的特质。

现在我们看到，在第一篇中孙子做出了两个著名的论断："兵者国之大事"——战争是国家的大事；"兵者诡道也"——战争是诡诈变化的事情。由第一个论断出发，他提出了决定战争胜负的基本因素，强调了"未战先算"的原则；由第二个论断出发，他列举了作战用兵的若干具体方法，提出了"攻其无备，出其不意"的原则。前者属于战争运筹和战争谋划，后者属于作战思想和作战方法。这两个方面正是《孙子兵法》这部书论述最多的核心内容。因此可以说，第一篇《计》是《孙子兵法》全书的总纲。在这一篇中，孙子对他将要讨论解决的两个主题——慎重周密地谋划战争和机动灵活地作战用兵，分别作了纲领性的阐述。

论政治因素

在第一篇中，还有一点是让人印象深刻的。孙子作为一名两千五百多年前的军事家，已经明确地把政治作为决定战争胜负的首要因素。

我们不妨先介绍一下远在孙子之前发生的一些历史事件。

上古的时候，中国的大地上洪水泛滥。伟大的首领大禹带领人民疏通江河，兴修沟渠，把洪水顺利地导入大海，于是水患平息，人民安居乐业。但大禹积劳而逝，禹的儿子启凭借先人的丰功伟绩建立起了中国古代的第一个王朝——夏。启死后，传位给儿子太康。太康身居君位却贪图安逸享乐，不顾人民疾苦，激起人民的怨愤。在这种情况下，太康依然纵情游乐，带着家人到洛水南面打猎，一走就是上百天，不愿回朝理政。东方部族的领袖后羿乘机在黄河北岸阻止太康回

夔纹铜钺（商） ▶

朝，袭占夏都。太康的五个弟弟这时侍奉他们的母亲跟随打猎。当太康被阻后，他们在洛水入黄河处苦苦等候，始终不见太康回来。他们便作了五首歌陈述祖先大禹的告诫，指责太康轻视人民、纵情声色、失道乱纲、覆宗绝祀，表达了不慎厥德、追悔莫及的感叹。其中第一首歌唱道：

> 我们伟大的先祖
> 大禹有训示：
> 百姓可以亲近，
> 但不可以认为他们卑贱。
> 人民是立国的根本，
> 根本稳固了，国家才会安宁。
> 我认为，天下的愚人都能胜过我。
> 一个人会犯很多错误，
> 难道只有明显的错误才招致怨恨？
> 应该在过失还很微小的时候，
> 就反复考虑，加以改正。
> 我统治人民，畏惧的心情，
> 就像用腐朽的绳索驾着六匹马拉的车。
> 地位在众人之上的人啊，

为什么不谨慎从事呢？

这首歌中概括的"民为邦本，本固邦宁"（百姓是立国的根本，根本稳固了，国家才会安宁）这句话，此后就成为中国政治思想中的一个基本理念。

受这个理念影响，中国的政治家和军事家又朴素地认识到，军队都由人民组成。只有国家政治清明，人民生活有保障，国君才会得到人民的拥护，军队才会为他勇敢作战。

公元前684年，同处于中国山东地区的周朝的两个诸侯国——齐国和鲁国之间曾发生一次战争。当时齐国军队强大，主动进攻；鲁国被动应战，国君鲁庄公忧心忡忡。

这时鲁国有一个贤士叫曹刿，来见庄公。

他问庄公："你觉得可以依靠什么与齐国作战？"

庄公说："衣服和粮食，我都不敢自己独享，必定分给别人。"

曹刿说："小恩小惠，不能遍及每个人，老百姓恐怕不会跟从。"

庄公又说："祭神的供品，我都按照礼仪的规定，必须做到诚信不欺。"

曹刿说："微小的信用不能覆盖天下，神不会赐福的。"

庄公又说："大大小小的刑狱，我虽然不能明察秋毫，但必定根据实情来处理。"

曹刿说："这是忠于人民、勤于政事的表现。可以一战。"

于是曹刿协助庄公指挥了这次作战，鲁国军队成功地抵挡住了齐国军队的连续进攻，并在齐军久攻不克、力衰气竭的时候发起反击，打退了齐军。

中国历史上的这些事情，在史书中都有记载。孙子正是从历史的经验中看到了政治因素对战争胜负的决定性影响，因而在他的战争理论架构中把这个因素放到了突出的位置，给予特别的重视和强调，并且明确指出："所谓政治，就是使民众与君主的意愿相一致。这样，他们就可以为君主死，为君主生，而不畏惧危难。"要做到这一点，关键靠君主的"有道"（政治清明）。但很显然，孙子并不认为有了良好的政治，战争自然或必然就会胜利。在他的理论体系中，战争的胜负是由多方面的复杂因素综合作用的结果。除了政治因素（包括国家的法制情况），还有军队的实力、军队的训练和管理水平、将帅的才能以及天时地利等等。关于这些因素的重大作用，他还将在以后的篇幅中谈到。

◀ 铜武士俑（战国）

■ 雕塑战争场面的铜贮贝器(汉)

第二篇 《作战》

论战争的危害

本篇题名《作战》，意思是准备战争。但在这一篇中，孙子并没有过多地论述有关战争准备的具体内容，而是着重谈了准备战争、进行战争给国家带来的沉重负担，以及战争长期拖延对国家造成的巨大损耗和严重危害。如他说：

"大凡用兵作战的规律，如果出动轻型战车千辆、重型战车千辆、军队十万，越境千里运送军粮，那么前方、后方的费用，使节往来的开支，器材物资的供应，车辆兵甲的维修保养，每天都要耗费千金之巨，然后十万大军才能够出征。"

▼ 铜车马（秦）

"战争旷日持久会使军队疲惫，锐气挫伤；攻打城池，会使军力耗竭；军队长期在外

作战，会使国家财政发生困难。如果军队疲惫，锐气挫伤，军力耗尽，国家财政枯竭，那么诸侯列国就会乘此危机起而进攻。那时即使有足智多谋的人，也无法挽救危局了。"

在这些论述中，孙子洞察了战争是一项高消耗性的活动，必须有雄厚的经济实力来支撑，旷日持久的战争会使国家不堪重负——这是经济学家的眼光；他也看到了一场久拖不决的战事会严重挫伤士气，艰难的攻坚作战会使军队疲惫不堪，军力耗竭——这是军事家的眼光；同时他还看到了当战争久拖不决、国力军力消耗殆尽的时候，诸侯列国乘虚发难，国家安全将面临严重的危机——这是政治家的眼光。在这里，我们再次领略了孙子作为战略家的宏阔视野，体会到了孙子思考战争问题，绝不是仅仅局限于军事和作战，而是从军事、政治、经济等诸多方面的综合作用上来进行考察的。

论兵贵胜不贵久

　　基于上述战略性的认识，孙子在本篇中提出了两个重要的思想。

　　一是"不尽知用兵之害者，则不能尽知用兵之利也"（不完全了解用兵的害处，就不能完全了解用兵的益处）。为此，他要求在战略分析和战争谋划上，既要看到"用兵之利"，更要看到"用兵之害"；要对"用兵之利"与"用兵之害"进行充分的比较，特别对战争的代价、使用武力的害处要有清醒、全面的估计。这是孙子慎战观念的又一个具体表现。

　　二是"兵久而国利者未之有也"（战争长期拖延而对国家有利的情形是从来没有的）。这个论断，孙子是专门针对把武力和战争作为解决问题的手段而说的。如果战争久拖不决，国家必然受害。依据这一判断，他提出了"兵贵胜不贵久"（用兵作战贵在速胜而不宜旷日持久）的著名原则。现在我们看到，孙子不仅主张慎重地对待战争，把战争作为迫不得已的最后选择，而且主张尽可能地缩短战争持续的时间。

　　自从国家诞生以来，战争就成为以国家为主体的行为。在历史上，国家的扩张欲望和国家机器日益增强的组织功能一再导致战争升级。孙子是历史上最早从国家行为的层面对战争进行认真研究的思想家，他基于对战争代价和危害性的清醒认识，坚决反对统治者轻率、不理智地对待战争问题，坚决反对使国家陷入旷日持久的战争泥淖。

■ 车马出行图（汉）

第三篇 《谋攻》

论全胜

基于对战争代价和危害性的清醒认识，孙子在第三篇《谋攻》中，进一步提出了一个天才的战略构想。

这个战略构想的核心是"全胜"思想。所谓"全胜"，就是战

◀ 秦俑一号坑车马队列

胜敌人而自己又不受到严重的损耗。用孙子的话来表达就是"兵不顿而利可全"（军队不疲惫受挫而利益却能完满地取得）。

怎样达成这样的完全胜利呢？孙子提出第一靠"伐谋"，即较量谋略——用谋略挫败敌人，或挫败敌人的谋略，使敌受困屈服；第二靠"伐交"，即较量外交——破坏和瓦解敌方的联盟，巩固和发展我方的联盟，使敌受困屈服。这就是"上兵伐谋，其次伐交"（上策是较量谋略，其次是较量外交）。孙子又把这两种方

甲胄武士俑(唐) ▶

式概括为"不战而屈人之兵",即不直接交战而使敌屈服于我方意志。也就是说,不需要战斗就达成目的。由此避免因激烈的战斗,特别是旷日持久的战争而使自己遭到严重的损耗和挫伤。

在这里,孙子又作出了一个非凡的论断:"百战百胜,非善之善者也;不战而屈人之兵,善之善者也。"(百战百胜,不是好中最好的;不用战斗就使敌人屈服,才是好中最好的。)

孙子为什么要这样说呢?因为在他看来,即使百战百胜,在接连不断的战争中,国力军力也会严重消耗,以致国家陷入困境;不战而屈人之兵,国力军力不受损而达成目的,则能够最大限度地降低战争的代价和危害,最好地保全自己,这也就是他所说的"全胜"。

我们可以将拿破仑的军事生涯与孙子的看法作一对比。在其军事生涯的前期，拿破仑堪称一位常胜将军，但在一个接一个的胜战中，法兰西帝国的军队也逐渐变得疲惫不堪，最终在俄罗斯的冰天雪地中遭到了惨败，由此注定了拿破仑王朝的覆灭命运。孙子从两千多年前的历史中睿智地看到了类似的情形，所以针对百战百胜却不能善终的悖逆现象，创造性地提出了"全胜"、"不战而屈人之兵"的战略构想。

讨论到这里，我们可以对孙子的"全胜"思想有一个准确的了解了。他所说的"全胜"——完全的胜利，不是以彻底消灭对手为标志，而是以使敌屈服、达到目的的同时自己不受到严重的损耗为根本要求。

孙子说："不战而屈人之兵，善之善者也。"可见他是把这视为最完美、最理想的战略模式。然而，孙子在提出"全胜"、

▼《诗经》出车图

"伐谋"、"伐交"、"不战而屈人之兵"这些天才命题后，对于"伐谋"、"伐交"的具体运用方法以及实现"不战而屈人之兵"的必要前提和条件，都没有做具体的论述，这就为后人留下了巨大的想象空间。

英国军事理论家利德尔·哈特（公元1895～1970年）将他所倡导的间接路线战略直接溯源到了孙子，认为孙子提出的"不战而屈人之兵"——不必经过严重战斗而能达到目的的战略，就是最完美的间接路线战略。

在20世纪后半叶东西方的冷战对抗中，提出核威慑战略的理论家们又共同把威慑战略的起源追溯到了孙子"不战而屈人之兵"的思想，并认为在人类武库已经足以毁灭人类自身的情况下，孙子的这一思想更具有特殊重要的意义。

敦煌壁画上的步骑攻战图(北朝)

人们又看到，孙子对"伐谋"和"伐交"的推崇，启迪了国家行为从简单的诉诸武力向高层次的综合运用军事、政治、外交等手段转变，具有强烈的大战略特征，蕴涵着广阔的拓展空间，远远超出了他那个时代一般武将的意识，表现出了惊人的超前性和现代性。

随着现代国家关系中"非零和"观念的增强，人们还看到，孙子的"全胜"、"不战而屈人之兵"思想已经包含有可贵的"非零和"意识，体现为以自我保全为基点，而不以彻底消灭对手为目标。其内涵的自然延伸是：你要保全自己，就要同时保全对手。于是，理论家们又把"相互确保生存"、"相互确保安全"等等观念与孙子的"全胜"思想相联系。

同时，现代战略家、军事理论家在学习《孙子兵法》、借鉴孙子思想的时候，也都看到了"伐谋"、"伐交"手段的运用，"不战而屈人之兵"战略的实现，必须要有雄厚的实力基础。对此，孙子并没有忽视。他对于《谋攻》篇中的这些天才思想虽然没有展开论述，但在第一篇中论述决定战争胜负的基本因素时，就已经明确地谈到了实力问题，以后在第四篇中他还将就这个问题提出独到的见解。

论知彼知己

在《谋攻》篇中，孙子还提出了一个著名的论断："知彼知己，百战不殆。"（了解敌人又了解自己，百战都不会有危险。）

孙子从他慎重对待战争的基本态度出发，高度重视战争认知问题，不仅要求掌握战争的规律，而且特别强调对战争的各

武官出行图（魏晋）▲

方面情况要有全面的了解和把握，力求做到"先知"（预先了解）、"尽知"（全面了解）。如说："知天"、"知地"、"知三军之事"、"知诸侯之谋"，等等。在《孙子兵法》中，用得最多的一个字就是"知"字，据统计共出现了79次。对战争认知问题的强调，犹如一条红线贯穿于十三篇始终。

在孙子看来，战争的胜利是建立在对敌我双方情况的充分了解基础上的，只有在战前全面地掌握敌情我情，才有可能对敌我双方的强弱、优劣、长处和短处进行综合比较，从而做出正确的决策，制定合理的战略；只有在战争过程中准确地了解战场态势，及时获知各方面特别是敌我双方的最新情况和各种变化，才能够适时地调整战略战术，达成最后的胜利。"知彼知己，百战不殆"这句话，以箴言式的论断涵盖了孙子有关战争认知问题的丰富思想，并凸显了孙子对战争认知问题的高度重视。毛泽东在他最著名的军事著作《中国革命战争的战略问题》

和《论持久战》中，都专门引用了这句话，并特别指出：孙子的这句名言至今"仍是科学的真理"，"我们不要看轻这句话"。

在这里，孙子把"知彼"放在"知己"之前，也是有深意的。因为战争是对抗的艺术，对自己的了解必须以对敌人的了解为前提，不了解敌人就谈不上真正了解自己。假设你完全掌握了自己军队的各方面情况，如有多少人员、配备了哪些武器、进行了什么训练等等，但你不知道你的敌人是谁，那么你就不知道这支军队与敌人对抗时到底是强还是弱。因此就战争而言，了解对手永远是第一位的，但仅此是不够的，还要与对手相对照，做到真正地了解自己（一切以竞争和对抗为特征的活动也都是如此）。这就是"知彼知己"的含义。现在许多人引用孙子这句话时，常常无意识地说成"知己知彼"（在中国也常见这样的错误），说明他们不了解孙子的这一层深意。

◀ 骑马俑（战国）

话语引用的错误倒是无关紧要，如果在战争中忽视"知彼"，犯了"不知彼"的错误，那就要付出惨重的代价。

　　我们可以回顾一段历史。公元前200年，中国进入了汉朝的初年，汉高祖刘邦刚刚消灭了楚霸王项羽，结束了秦朝灭亡后的混乱局面。这时，蒙古草原上的匈奴人也征服了大草原上的诸多游牧部族，形成强大的骑马军事集团，频频南下侵扰，对汉朝构成严重威胁。于是就在这一年，刘邦挟楚汉战争胜利的雄风，亲率汉朝军队主力，迎击南下的匈奴人，试图一举打败匈奴，解除来自北方的威胁。不料被强大的匈奴骑兵重重包围在平城白登山（位于今山西省大同市东北），最后不得不屈辱地与匈奴王议和，奉送大量财物，才使其退兵。

　　此战汉军失利的一个重要原因，就是"不知彼"。

　　当时，汉朝军队主要由华北平原的农民组成，绝大多数是

铜马和牵马俑（东汉）▶

步兵，只有很少量的战车兵和骑兵。匈奴军队全由蒙古草原的游牧骑士组成，迅捷骑射，来如风，去如电。汉军的机动性和冲击力，都远远不如匈奴骑兵。他们在楚汉战争中虽然能够打败军队构成与自己一样的项羽，但是对与大规模的匈奴骑兵集团作战，还没有任何经验，毫不了解匈奴骑兵的行动和作战特点；同时也缺乏对自身实力的清醒认识，盲目地北上，行动缓慢，又缺乏警惕，一下子就陷入了战骑如云的匈奴骑兵集团的包围之中。

经过这次失利后，汉朝君臣认识到了要打败匈奴，就必须建立强大的骑兵，后来经过几十年的努力，终于在汉武帝（公元前140～前87年）的时候实现了目标。

令 令 令 令

吉 九

鬬 艦

斗舰图（宋）

第四篇 《形》

论胜于易胜

　　孙子在第三篇中作了极富超前性的天才构想后，在第四篇《形》中，又进一步深化了战争运筹的主题。

　　公元前538年，周朝的诸侯大国晋国的国君晋平公与大臣司马侯曾有一次令人感兴趣的谈话。

　　当时，处在北方的晋国（位于今中国山西省）正和南方的楚国、东边的齐国争霸，晋平公自信地说："我国有三个'不危险'，谁能与我们抗衡！地势险要，马匹多，齐、楚两国又多祸难。有了这三条，向哪里拓展不会成功！"

　　司马侯却回答说："依仗险阻和马匹，庆幸邻国的祸难，这不是三个'不危险'，而是三个'大危险'。因为只知道仗恃这三条，却不修明

◀ 晋国位置图

政治和德义，救亡都来不及，还侈谈什么成功呢！"

司马侯的话，提出了一个重要的问题：在国与国的对抗和竞争中，谋安全，求胜利，是把基点放在自身内部建设，还是放在希冀别国的祸难，或是依靠自然的客观条件呢？

答案是显而易见的：从根本上必须立足于自身建设。

孙子在思考战争问题时，也表现出了相同的思想倾向。

在《形》篇中孙子明确指出，谋划战争，首先应当加强自身建设，增强自身实力，使自己立于不败之地，然后再等待敌人出现败象，并不失时机地加以把握。如他说："善于打仗的人，先做到使自己不可战胜，然后等待敌人的可以战胜。""使自己立于不败之地，而不放过打败敌人的机会。"

怎样使自己不可战胜呢？孙子简单而明了地说："在己"（在于自己的努力），靠"修道而保法"（修明政治，确保法制）。

我们已经知道,孙子认为决定战争胜负的基本因素有五个,即政治、天时、地利、将帅、法制。这五大因素又表现为七个方面的具体情况,即:哪一方的君主政治更清明,哪一方的将帅更有才能,哪一方占据天时地利,哪一方制度和命令被更好地贯彻执行,哪一方军队更强大,哪一方士兵更训练有素,哪一方赏罚更严明。其中除了天时、地利为客观条件,其他都属于国家自身的内部因素。孙子在《形》篇中提出的"修道而保法",实际上就是要求从天时地利之外所有这些方面加强国家自身的建设,形成强大的实力(当然包括军事实力),从而立于不败之地。

◀ 战国皮甲胄(复原)

有了这样的强大实力,再对呈现败象的衰弱之敌进行打击,就很容易取胜了。所以孙子说:"善于打仗的人,都是战胜容易战胜的敌人。因此他们的胜利,看起来既没有智慧的名声,也没有勇武的战功。他们的胜利是不会有差错的。之所以不会有差错,是因为他们的作战建立在必然取胜的基础上,是战胜业已失败的敌人。"一方面自己形成强大的实力，另一方面敌人却陷入衰败，所以在战略态势上，己方已经获胜，敌人已经失败。在这种情况下出手打败敌人，就是"战胜业已失败的敌人"，就是"战胜容易战胜的敌人"，孙子又称之为"先胜而后求战"（先已获胜才寻求与敌决战）。

这就是孙子的战略，其逻辑思路是：加强自身建设→形成强大的实力→战胜容易战胜的敌人。在这一战略中，起决定性作用的是实力，实力对比的悬殊差距决定胜负。

对这一种制胜战略，孙子又作了一个形象的比喻：它就像在平衡称上一头放着1/24两（"一铢"），另一头放上24两（"一镒"）。

在孙子的观念里，第一推崇的是"不战而屈人之兵"战略，其次推崇的就是这样"胜于易胜"（取胜于容易取胜）的战略。后者也是其"全胜"思想的自然延伸，因为敌人越衰弱，越容易战胜，战胜敌人时自己遭受的损耗就越小。如何以最小的代价赢得胜利，是孙子思考战争问题一以贯之的追求。

论实力计算

在孙子的"胜于易胜"战略中，起决定性作用的是实力。这个实力是建立在强大国家实力之上的军事实力。

在《形》篇中，孙子提出了一个很有意思的实力计算模型："地生度，度生量，量生数，数生称，称生胜。"（由国家的地理产生出土地的面积，由土地的面积产生出物产资源的量，

◀ 驻军图（汉）

由物产资源的量产生出军队的数，由军队的数产生出实力的对
比，由实力的对比产生出胜负。）

这个模型包含了三个基本思想:（一）能够产生物产资源的
土地面积、物产资源的量、军队规模，是决定军事实力的三个
基本因素；（二）这三个因素有着依次决定的关系，必须协调、
平衡；（三）与国家资源和经济力量相适应的军队规模，或者说，
国家资源和经济力量所能够保证的军队规模，是军事实力的集
中体现。孙子对实力的评估，再次体现了宏大的战略眼光和科
学的思维方法。

在第一篇《计》中，孙子就要求在进行战争决策时对决定
战争胜负的因素进行比较和计算，他具体列举了需要比较和计
算的七个方面的情况：哪一方的君主政治更清明，哪一方的将

帅更有才能，哪一方占据天时地利，哪一方制度和命令能被更好地贯彻执行，哪一方军队更强大，哪一方士兵更训练有素，哪一方赏罚更严明。这是一个战略评估的体系。其中有些情况只能作定性的分析比较，有些情况则能够作量化的计算，最适宜进行计算的无疑是"哪一方军队更强大"这一项。孙子在本篇中针对这项内容专门提出了这个实力计算模型，它应当是《计》篇所论述的战略评估体系的一个子项。

嵌红铜棘纹戈（商）▶

可以看出，孙子的战争运筹是定性和定量相综合的分析，特别是他对量化计算的强调，在两千五百多年前是难能可贵的，这开启了军事运筹分析的先河。

量化计算方法在军事上的应用，是以数学知识的普及为基础的。在周代，礼（礼仪）、乐（音乐）、射（射箭）、御（驭车）、书（书写）、数（算术）是贵族必须掌握的六种技艺，合称"六艺"，被规定为贵族教育的基本内容。这在很大程度上促进了数学知识的普及，也推动了数学在社会各个方面应用的发展。

史书记载，公元前598年楚国修筑沂城，公元前510年晋国

修筑成周城，都不仅测量了城墙的长度、高度、宽度，壕沟的深度、广度，据此计算出总的土石方量；而且对需用多少人工和材料、各地区劳力的往返里程和需要的粮食数量也作了计算，依据这些数据对工程进行计划，对施工进行组织和管理，如期完成了工程。这说明周朝的数学知识及其实际应用都有了较高的水平。我们再看军队中的情况。据记载，东周时期军队中有专门的职官，负责营垒修建的测量计算以及粮食和财物统计，称为"法算"（意为掌管计算）。孙子把量化计算方法引入战争谋划，显然是以他那个时代数学在中国社会和军队中应用的发展为基础的。

彩绘步兵俑(汉)

第五篇 《势》

论势和节

——巨石从高山上滚落，势不可当，声震如雷；

——激流在山间奔泻，挟带着大小石块顺水而下；

——雄鹰从高空俯冲，迅猛地抓住了草丛中的野兔……

这些都是人们经常能够看到的情景。正是从这些情景中，孙子悟出了作战用兵的诀窍，于是他在《孙子兵法》第五篇中提出了两个重要的概念。

第一个概念就是作为本篇篇名的"势（作战态势）"。石头从山上滚下之所以难以阻挡，是因为借助了落差巨大的险峻山势；激流能够冲

◀ 足蹬张弩图（汉）

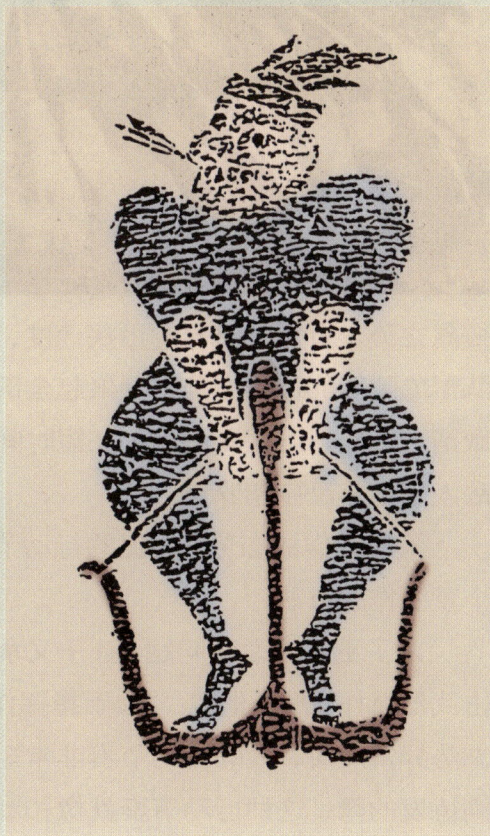

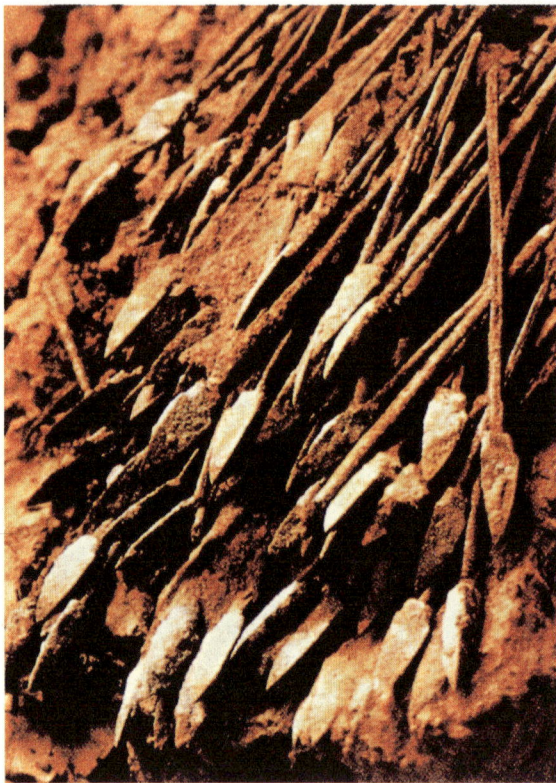

铜箭簇(秦) ▶

走石头，也是凭借落差形成了强劲的冲击力。孙子认为，进行作战，也要使军队形成像高山之巅的石头、像悬崖峭壁上的激流那样一种险峻的态势，能够猛烈地发挥出它的全部能量。

第二个概念是"节（行动节奏)"。雄鹰一击就能准确而有效地搏杀鸟兽，不仅凭高空俯冲的猛烈之势，更凭其出击的迅疾速度、短促节奏。孙子认为，军队形成险峻的作战态势，凝聚起全部能量后，其出击也应像雄鹰捕食一样，迅疾而短促，在短时间内猛烈地爆发出能量，使敌人来不及反应和躲避。

险峻的作战态势，短促的行动节奏。这就是孙子提出的一个重要作战方法。

为了更好地说明问题，孙子又拿他那个时代威力最大的射击武器弩作比喻。他说："善于指挥作战的人，他所造成的作战态势异常险峻，他的行动节奏非常短促。这种作战态势就像张满待发的弩，这种行动节奏就像扣动弩的扳机。"

48

对这个比喻，我们完全可以改用现代人更熟悉的枪械来表述：严峻的作战态势就像子弹上膛的枪，积聚起了全部的能量；短促的行动节奏就像扣动枪的扳机，一触即发，瞬间致人死命。

我们还可以换一个角度来看。当一柄张满的弩或子弹上膛的枪指着你时，你会感觉到巨大的危险，这就是险峻的作战态势的威力；当扣动弩或枪的扳机时，只需要很微小的动作，箭矢或子弹立刻就飞射而出，对手避无可避，这就是短促的行动节奏的效果。

中国现代有一位著名的军事家——刘伯承元帅（公元1892～1986年）。在20世纪40年代中国人民的革命战争中，他曾与邓小平长期并肩作战，功勋卓著，由他任司令员、邓小平任政委的中原野战军因而

▲ 大型床弩（即弩炮）复原模型（宋）

被人们誉为"刘邓大军"。中华人民共和国成立后，刘伯承担任了中国人民解放军军事学院的第一任院长，亲自给高级学员讲授"战役法"，他专门选择了《孙子兵法》的《势》篇作为"战役法"课程的指导教材。刘伯承是中国南方人（出生于中国四川省），在授课中他结合自己的生活经验和作战实践，对孙子有关作战态势和行动节奏问题的论述作了生动的补充。他说：

中国南方有一种小飞禽叫"翠鸟"（又有个别名叫"钓鱼

郎"），全身绿色的羽毛，体长约15厘米，头大，身子小，有一个像钉子一样的尖尖的嘴。它在水面上飞行，发现水中有鱼，就将双翅夹紧，依靠全身的力量，俯冲而下，如利箭入水，垂直扎向鱼。有时甚至能够抓到比它自身还大的鱼。《势》篇说"险峻的作战态势，短促的行动节奏"，就像这个鸟，冲下来很猛（势险），时间却很短（节短）。

论奇正

通过对作战态势和行动节奏的生动论述，孙子将探讨的主题从战争运筹转向了作战问题。

在《势》篇中，孙子同时提出了中国古典战争理论中极重要的一对范畴——"奇"和"正"。"正"，或者说"正兵"，指常规的或意料之中的作战方法；"奇"，或者说"奇兵"，指非常规的或出乎意料的作战方法。

刘伯承元帅曾对这两个范畴作了如下解释："什么是正兵呢？大体上讲，按照通常的战术原则，以正规的作战方法进行战斗的，都可以叫做正兵。根据战场情况，运用计谋，攻其无备，出其不意，攻敌于措手不及，不

弩复原图（战国） ▼

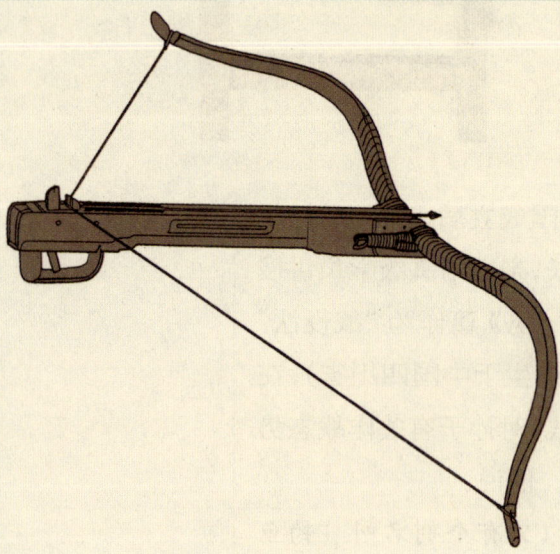

50

是采取正规作战方法，而是采取奇妙的办法作战的，都可以称为奇兵。"

孙子说："乐音不过五个，但五音的变化听不胜听；颜色不过五种，但五色的变化看不胜看；滋味不过五样，但五味的变化尝不胜尝；作战的方法不过奇和正，但奇正的变化无穷无尽。奇和正互相转化，就像沿着圆环转一样，没有起点也没有终端，谁能穷尽呢？"（五音：中国古代流行五声音阶，分为宫、商、角、徵、羽五个音级。五色：中国古代认为青、赤、黄、白、黑是五种正色，其他颜色都是间色。五味：中国古代认为甜、酸、苦、辣、咸是五种基本的味道。）

孙子关于奇正变化的思想，充满了辩证性。

首先，他认为用兵的奇和正是相对的，可以互相转化的。比如，本来是一种常规的作战方法，但敌人认为你根本不可能采用这样的战法，而你却用了它，那它就是一种奇；反之，本来是一种非常规的战法，但如果敌人料到了你会使用它，那也就谈不上奇了。对奇和正的这种互相转化，孙子称之为"奇正相生"。

◀ 战国彩绘漆盾（复原）

　　其次，他认为作战方法的奇、正变化是无穷无尽的。理论上确实如此。任何一个时代的作战方法都是有限的，但运用时的奇、正变化可以是无限的。一种方法，在这种情况下用是正，另一种情况下用可能就是奇；正变为奇，奇又变为正，循环往复，理论上确实没有终端。作战用兵，就是要利用作战方法的奇、正变化，不断地出奇制胜，这同样是可以没有止境的。所以孙子说："善于出奇制胜的将帅，他的战法变化就像天地那样不可穷尽，就像江河那样永不枯竭。"

　　然而，我们也必须看到，战法的出奇制胜要靠指挥员的创造力，任何人的智力都是有限度的；而且，战争是对抗的艺术，任何一方的战法变化都受到对方的制约。因此，在世界战争史上，还没有哪一个天才将帅能够永远或不间断地出奇制胜的，正如毛泽东所说，"世界上没有常胜将军"。孙子上述思想的意义在于，它揭示了战法奇、正变化理论上的无穷可能性，从而引导、激励指挥员以最大的主观能动性去追求出奇制胜，不断地进行探索和创造。

　　刘伯承元帅就深受孙子思想的影响,他曾说:"正兵和奇兵,是辩证的统一,是为将者必须掌握的重要法则。奇中有正,正中有奇,奇正相生,变化无穷。"这样的观念促使他在战争实践中总是努力寻求出奇制胜的办法。1937年10月他指挥八路军一二九师在太行山区与侵华日军作战,先在山西省平定县的七亘村伏击歼灭了日军辎重部队,仅两天后又在同一地点再次设伏。日军根据"用兵不复"的常规,以为八路军不会再在这里伏击,就让辎重部队继续走这条路,结果再次被歼。刘伯承准确地抓住了日军的心理,因而成功地用重复的办法实现了出奇制胜。

　　在这里我们还可以举一个孙子的一位后辈创造的战例。

　　公元前3世纪初,将才辈出的齐国田氏家族中又出现了一位名将,叫田单。当时,齐国遭到其北边的燕国（周朝的另一个诸侯国,都城位于今北京）的入侵,形势极度危险。田单被燕国大军围困于孤城即墨,他率领城中军民坚守了五年。

　　在攻守双方都极度疲惫的时候,田单采取一系列假动作成功地麻痹了燕军,使他们以为即墨城已经山穷水尽,无法再坚持了,所以都高兴地等着齐军投降。

◀ 田单像

53

于是田单在城中征集了一千多头牛，将牛角绑上锐利的兵刃，牛尾系上饱浸油脂的芦苇，悄悄地在城墙上凿出十多个洞，趁夜把牛驱赶出洞，点燃牛尾上的芦苇，突然发起了反攻。

千余头被火烧灼的受惊之牛猛冲向燕军阵地，燕军猝不及防，被火牛撞死撞伤不计其数，营阵大乱。即墨城中的5000齐军勇士随后冲杀出来，城中鼓声雷动。燕军惊慌失措，全线溃散。齐军乘胜追击，将燕军全部赶出了齐国国境，完全收复了失地。

齐军在这一次战争中使用的火牛突击战法，以前人们见所未见，完全出乎燕军的意料。田单通过战法创新成功地实现了出奇制胜。

我们还记得，在第一篇《计》中孙子曾提出一个重要的作战原则——"攻其无备，出其不意"（对敌人没有防备之处或乘敌人没有防备之时加以攻击，行动出乎敌人的意料）。实际上，"出奇制胜"的本质就是行动或

牛火

战法出乎敌人的意料，实现的途径多种多样，可以靠创新战法，也可以将老战法用出新意。

老子曾说："以正治国，以奇用兵。"意思是，治国要光明正大，作战要出敌意料。他在作战上的追求与孙子是一致的，他们都希望指挥员在作战指挥上有意识地、积极地朝这个方向努力，而不是只能毫无新意地使用老办法。

与此相联系，孙子又特别强调了作战的快速行动原则。

他说："用兵的关键在于迅速，乘敌人来不及防备的时候，由敌人没有料到的道路，攻击敌人没有戒备的地方。"

行动快速，既是确保行动出敌意料的重要条件，也是达成行动出敌意料的重要手段。一种战法，不管有多神奇，对敌人空虚之处把握得有多准，如果部队行动拖拖拉拉，让敌人产生警觉，预作防范，就难以收到满意的效果；而部队行动快速，有如迅雷不及掩耳，本身就能够出乎敌人意料，使敌人措手不及。这与孙子强调"势险节短"的原则是一致的。行动节奏短促，从根本上说就是行动迅速。

出行图（魏晋）

第六篇 《虚实》

论避实而击虚

中华文化 丛书
ZHONGHUA WENHUA CONGSHU

孙子的战争智慧

现在我们进入了《孙子兵法》中论述作战问题最重要的一篇《虚实》。在本篇中，孙子提出了中国古典战争理论中又一对极重要的范畴——"虚"和"实"，同时还阐述了他的核心作战思想。

"虚"，字面的意思是空虚，在军事上表示薄弱或没有防备之处，也就是弱的部位、弱的点；"实"，字面的意思是坚实，在军事上表示强大或有防备之处，也就是强的部位、强的点。孙子主张，作战应尽可能地"避实而击虚"，即避开敌人的强点和有防备之处，而攻击其弱点和无防备之处。

这一思想的根本特点是避免与敌人以硬碰硬，比实力，拼消耗，而强调能动地发现、

◀ 彩绘军士俑(汉)

57

正确地选择敌人的弱点，准确地予以打击，以最高的效率、最小的代价赢得胜利。前面已经讲到，在战争运筹的大战略上孙子追求"胜于易胜"，其途径是通过加强国家自身的建设，增强实力，立于不败之地，然后等待敌人出现败象；同样，在作战上孙子也追求"胜于易胜"，其主要途径就是"避实而击虚"。

孙子说："进攻而必然获胜，是因为攻击敌人不易防备的地方。"

又说："进攻而使敌人不能抵御，是因为攻击敌人的空虚之处。"

官渡之战 ▶

又说："军队进攻敌人，就像用石头砸鸡蛋，那是因为避实而击虚。"

比孙子晚一些的齐国军事家对这个问题作了更透辟的说明："凡是作战，打强点就会碰钉子，打弱点就能取得神效。攻敌强点，弱敌也会变强；攻敌弱点，强敌也会变弱。"（《管子·制分》）也就是说，攻击弱敌的强点或有防备之处，弱敌也会显得强；攻击强敌的弱点或没有防备之处，强敌就会变得弱。

中国历史上著名的官渡之战，可以很好地印证这一点。

公元2世纪末3世纪初，在中国汉王朝崩溃后的混乱局面中，涌现了一批杰出的政治家、军事家，如曹操、刘备、诸葛亮、孙权、周瑜，等等，他们为了重新实现国家的统一而展开了各自的奋斗。他们的英雄故事，在中国几乎家喻户晓，官渡之战就是其中之一。

公元200年，当曹操正为统一中国北方而艰难努力的时候，遭到了强大对手袁绍的猛烈攻击，双方军队在位于今河南省中牟县的官渡相持了几个月。曹操的军队兵少粮缺，士卒疲乏，眼看难以支持。恰在这时，曹操幸运地从投降过来的一名袁绍的部属口中了解到了袁军的情况——他们有一万多车辎重全屯放在乌巢，这也是袁绍大军最后的保障，而那里却还没有布置重兵进行保卫。曹操立即果断地亲自率领5000精兵连夜奔袭乌巢，一举烧毁了乌巢的全部屯粮。袁军军心动摇，内部分裂。曹军乘势反击，消灭了袁军主力。

曹操通过关键时刻对敌人最薄弱的要害之处的准确打击，成功地扭转了战局，取得了决战的胜利。

这个战例说明，"避实而击虚"战法的关键是要发现、抓住

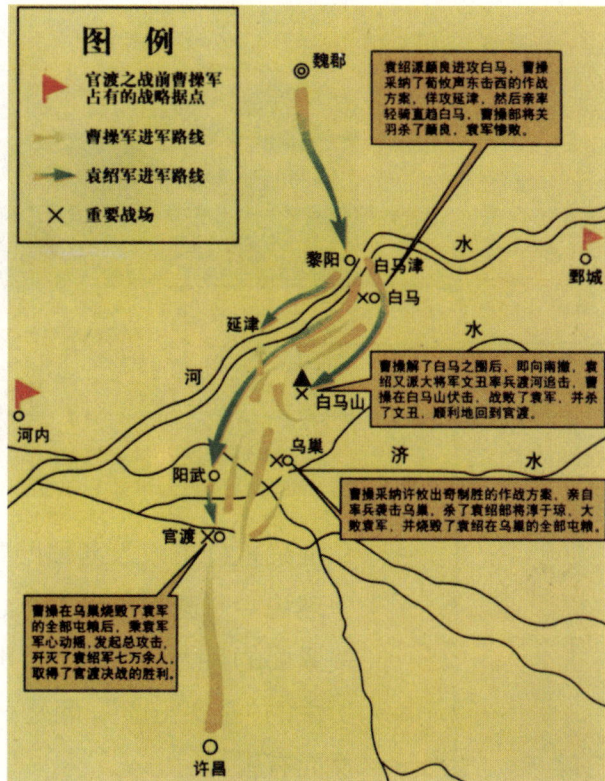

图　例

▶ 官渡之战前曹操军占有的战略据点

曹操军进军路线

袁绍军进军路线

✕ 重要战场

魏郡

袁绍派颜良进攻白马，曹操采纳了荀攸声东击西的作战方案，佯攻延津，然后亲率轻骑直趋白马，曹操部将关羽杀了颜良，袁绍惨败。

黎阳　白马津　水　鄄城

延津　✕○白马　水

河　▲白马山

曹操解了白马之围后，即向南撤，袁绍又派大将军文丑率兵渡河追击，曹操在白马山伏击，战败了袁军，并杀了文丑，顺利地回到官渡。

河内　乌巢　济　水

阳武○　✕✕

曹操采纳许攸出奇制胜的作战方案，亲自率兵袭击乌巢，杀了袁绍部将淳于琼，大败袁军，并烧毁了袁绍在乌巢的全部屯粮。

官渡✕○

曹操在乌巢烧毁了袁军的全部屯粮后，乘袁军军心动摇，发起总攻击，歼灭了袁绍军七万余人，取得了官渡决战的胜利。

许昌○

▲ 官渡之战示意图

59

和准确地打击敌人薄弱而要害的致命之处。这也是中国古典战争理论中"避实击虚"思想的精髓所在。如果只是打击一些无关紧要的兵力薄弱之处,那就不是孙子等中国古典军事理论家所说的"避实击虚",而是一种消极的作战行为,非但没有益处,反而有害。

论主动性和灵活性

在《虚实》篇中,孙子不仅论述了"虚实"问题,而且集中地阐述了他的核心作战思想。

这一思想有两个基本点:

第一个基本点是"主动性"。在本篇中孙子明确提出,作战用兵要"致人而不致于人",即调动敌人而不被敌人所调动;要

"形人而我无形"，意为使敌人暴露而我不露痕迹。

第二个基本点是"灵活性"。在本篇中孙子又明确提出，作战用兵要"因敌变化"，即根据敌人的变化而变化；要"战胜不复"，即每一次作战，都根据新的情况有新的变化，而不是机械地重复老一套方式。

联系前面孙子对"攻其无备，出其不意"、"出奇制胜"、"避实而击虚"等作战原则以及各种作战方法（如《计》篇曾列举的十二种作战方法）的论述，我们可以感受到孙子极其强调在作战上发挥指挥员的能动性，极其强调夺取作战主动权，极其强调作战方法的灵活变化、出敌意料。这几个方面有机地结合在一起，构成了孙子的核心作战思想，即：充分发挥指挥员的能动性，创造性地作战用兵，用灵活多变、出敌意料的手段迷惑敌人、调动敌人、打击敌人，夺取作战主动权，从而赢得胜

◀ 昭陵六骏飒露紫（复原）

利。这一思想贯穿、体现于孙子有关作战问题的所有论述之中，是其作战理论的灵魂。

在本篇中，孙子用流水作比喻，对他的作战思想作了总结性的概括。他说："战争的形态好像水，水流的规律是避开高处而流向低处，作战的规律是避开敌人的坚实之处而攻击它的薄弱之处。水因地势而制约流向，作战根据敌情而决定战法。因此，作战没有固定不变的模式，就像水没有固定不变的形态一样，能够根据敌人的变化而变化以赢得胜利的，就叫做用兵如神。"

开创了唐朝繁荣强盛局面的唐太宗李世民（公元599~649年）曾说："我看各种兵书，没有能超过《孙子兵法》的；《孙子兵法》十三篇，《虚实》篇又最精彩。"

昭陵六骏图 ▶

对《孙子兵法》各篇，不同的人可能会有不同的体会和评价。但《虚实》篇中用生动优美的语言，阐述了孙子的核心作战思想，确确实实有它特别吸引人之处。

唐太宗李世民在继位之前，协助他父亲高祖皇帝李渊消灭了各地的割据势力，重新统一了中国，是大唐王朝战功最大的将军。他在作战中最擅长运用骑兵，经常在重大决战的紧要关头，亲自率领精锐骑兵积极灵活地对敌实施勇猛突击，一举摧垮敌人的斗志。为了纪念那些重大战役，晚年他曾命人在自己的陵墓前用巨石雕塑了他最心爱的六匹战马像，这些马都曾与它们伟大的主人一道冲锋陷阵，后人称它们为"昭陵六骏"。因为有这样的实际经历，所以李世民对孙子有关主动灵活地进行作战的思想特别有共鸣。

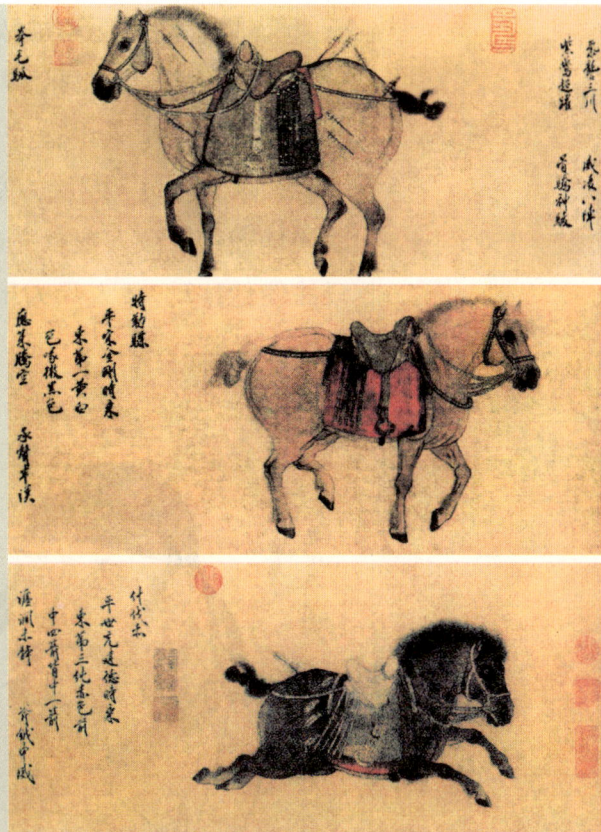

▲ 昭陵六骏图

关于作战主动权

孙子的核心作战思想，简单地说就是：主动而灵活地作战，牢牢地掌握作战主动权。

两军相争，谁能调动敌人、左右敌人、支配敌人，谁就处于主动地位，谁就掌握了胜利的枢机。孙子提出"致人而不致于人"（调动敌人而不被敌人所调动），就是要求用各种办法调动、消耗、分散和削弱敌人，从而创造出战而胜之的有利机会。

比如，使敌人由逸变劳、由饱变饥、由治变乱，我则以逸待劳、以饱待饥、以治待乱。所以孙子说："敌人休整得好就设法使他疲劳，敌人粮食充足就设法使他饥饿，敌人驻扎安稳就设法使他移动，敌人兵力虽多，可以使他不能战斗。"

又比如，达成我专而敌分的效果，在正面或局部力量对比上使敌由众变寡、由实变虚、由强变弱；我则集中兵力，以实对虚，各个击破。所以孙子说："使敌人暴露而隐蔽我军真实情况，这样我军就可以集中兵力而使敌人兵力分散。我军兵力集中为一，敌人兵力分散为十，我军就能以十倍于敌的兵力去打击敌人，从而造成我众而敌寡的有利态势。"

历史上的优秀军事家，对作战主动权都非常看重。

率军打败了东突厥的唐朝大将军李靖（公元571～649年）曾说："兵法千章万句，内容都超不出'致人而不致于人'这一句话。"

毛泽东更是把作战主动权视同生命，他有一句名言："失去了主动权，就等于被打败，被消灭。"

在1927年秋收起义后创建井冈山革命根据地的斗争中，毛

李靖像 ▶

光输群雄後平四夷
古今取法文武兼资

李靖

64

泽东曾经提出了"敌进我退，敌驻我扰，敌疲我打，敌退我追"的十六字作战原则，体现了高度的主动灵活精神：

——敌进我退。强大的敌军来进攻和围剿，我就撤退，保存实力；

——敌驻我扰。敌人驻扎下来，我就不停地袭扰，使他不得休息；

——敌疲我打。敌人疲惫不堪的时候，我就抓住机会加以打击；

——敌退我追。敌人撤退逃跑，我就紧追不放，消灭其有生力量。

毛泽东领导红军、八路军、解放军，就用这样的办法与强大的国民党军队和侵华日军作战，不断地积小胜为大胜，不断地削弱对手，壮大自己，最终取得了彻底的胜利，解放了整个中国大陆，建立了中华人民共和国。

关于孙子理论体系的三个层次

现在我们已经学习了《孙子兵法》十三篇中的前六篇。孙子以他独特的思路，一步步把我们引入了一个极其博大深邃的智慧殿堂。

如果作个小结的话可以看到，在孙子的观念世界里，他第一推崇的是"不战而屈人之兵"的战略；第二推崇的是"胜于易胜"的战略；第三推崇的是"主动灵活"的作战方法。

这三者构成了孙子军事理论体系的三个基本层次。

在第一层次，孙子追求不需要进行战争而取得胜利的"全胜"道路，这是最理想的胜利方式；在第二层次，孙子追求由实力的悬殊差距导致的轻易获胜，这是最理想的战争方式；在第三层次，孙子追求在激烈对抗的战争中通过主动灵活的作战行动而赢得胜利，这是他心目中最高明的作战指导。

那么现在我们对于《孙子兵法》的理论内涵可以有一个比较清晰的把握了：第一层次和第二层次的内容，主要是国家的总体战略运筹，本质上属于大战略范畴；第三层次的内容，才属于比较纯粹的军事理论范畴。

这也就难怪，当"大战略"理论在20世纪下半叶逐渐趋热的时候，理论家们惊奇地发现，早在两千五百多年前，《孙子兵法》对大战略的基本内容就有了许多精辟的论述，孙子因而越发地受到人们的敬佩。美国人约翰·柯林斯在他写的《大战略》一书中就说：

陶俑骑士（北朝）▶

66

"孙子是古代第一个形成战略思想的伟大人物。……今天没有一个人对战略的相互关系、应考虑的问题和所受的限制比他有更深刻的认识，他的大部分观点在我们当前的环境中仍然具有和当时同样重大的意义。"

孙子的伟大之处，既在于他对大战略层面的"国之大事"作了高瞻远瞩的分析，也在于他对作战领域的"将军之事"作了鞭辟入里的论述。在中国和世界历史上，都只有极少数人能够同时具备这两种禀赋，并同时达到那样高的境界。很显然，孙子也清楚地看到了，尽管他更推崇"不战而屈人之兵"和"胜于易胜"，但在现实中，激烈的战争对抗却频繁发生，不可避免，所以他仍然投入了大量心力，对作战问题作了广泛而深入的探讨。

◀ 贴金彩绘甲骑具装俑(唐)

■ 猎骑带禽图

第七篇 《军争》

论军争为利

中华文化丛书
ZHONGHUA WENHUA CONGSHU

孙子的战争智慧

在第七篇《军争》中，孙子专门论述了军队在对抗和运动中争夺先机的问题。他明确指出："军争为利，军争为危。"（争夺先机是有利的，也是危险的。）

在敌我军队的对抗和运动中，哪一方先占领了关键性的要地，哪一方就掌握了主动。1935年中国工农红军长征中的飞夺泸定桥行动，是一个很典型的战例。

当时，蒋介石指挥国民党数十万大军试图彻底消灭中国工农红军。红军数万人从原先的根据地江西瑞金突围出来后，在国民党重兵的追击下，先向中国西南地区转移，然后又掉头北上，在青

▼ 长征绘画

藏高原东南部边缘人烟稀少的崇山峻岭中向北挺进。

1935年5月，红军进入了长江上游支流金沙江、雅砻江和大渡河之间的狭窄地带，蒋介石看到了千载难逢的良机，指挥各路军队迅速向这里结集。红军当时的唯一出路是尽快渡过大渡河，继续北上，否则就会被全歼。然而大渡河水深流急，来自青藏高原的冰川雪水寒冷彻骨，根本无法涉渡，也难以架桥；国民党地方部队又搜走了沿河所有船只，红军只在安顺场渡口找到了可怜的四条小船，根本来不及把数万人马运过河去。毛泽东果断决策，红军先锋团迅速向安顺场渡口以北约320华里的泸定桥奔袭，限两天之内赶到，夺取泸定桥，保障红军主力过河。

泸定桥是当地人民在大渡河滔滔急流上架起的一座铁索桥，长约100米，宽2.8米。共有13根铁索连接两岸的峭壁，其中位置较低的9根平行铁索上横铺一块块木板构成桥面；位于两侧的另4根铁索位置较高，就是桥栏。人走在上面，摇摇晃晃；桥下急流滚滚，动人心魄。

当红军先锋团沿着河西岸的险峻山路争分夺秒地往泸定桥

飞奔时，河对岸的国民党军也派出部队向泸定桥增援。但入夜后，国民党增援部队却宿营休息，红军先锋团则星夜冒雨急进，连续急行军一天一夜，终于抢先赶到了泸定桥。

然而，国民党军守桥部队已提前将铁索桥上的木板拆除，只剩下13根冰冷的铁索在急流上晃荡。

先锋团的团长、政委从全团官兵中挑出了22名突击勇士，经过紧张准备后，向对岸发起了冲击。22名勇士在火力掩护下，就攀着13根铁索攻向对岸，后续突击队每人抱一块木板跟进。当红军勇士快攻到对岸时，守军将桥头建筑点燃，桥头马上被熊熊大火包围。在这千钧一发之际，红军吹响了冲锋号，勇士们奋不顾身地冲过火海，一直冲到对面的街上……

飞夺泸定桥的成功，使红军得以在国民党大军合围之前，成功地跳出了绝境。毛泽东在红军长征胜利到达陕北后写的《七律·长征》诗中，曾特别提到了这一战：

▼ 飞夺泸定桥

红军不怕远征难，
万水千山只等闲。
五岭逶迤腾细浪，
乌蒙磅礴走泥丸。
金沙水拍云崖暖，
大渡桥横铁索寒。
更喜岷山千里雪，
三军过后尽开颜。

像毛泽东一样，孙子也有卓越的文学天赋，他虽然没有留下诗篇，却在《孙子兵法》中创造了那么多脍炙人口的名言警句，又留下许多文字灵动飘逸的精彩段落。在本篇中，他就用如诗的语言描写了军队的作战行动，我们可以直接把它译成一首诗：

迅疾就像风暴，

徐缓就像森林。

攻击有如烈火，

静默有如山岳。

像那阴沉的天空，

难以窥透；

一旦发动，

就像惊雷一样炸响。

论以迂为直

由飞夺泸定桥的战斗我们可以看到，先机之利对哪一方都至关重要，激烈的拼死争夺对哪一方都很危险，都是在险中求胜。

在孙子看来，军队的巨大危险还存在于为了争夺先机或利益的长途奔袭之中，把握不好往往损兵折将，招致沉重损失。

历史上也不乏这样的事例。公元前342年，齐国与魏国（周朝的另一个诸侯国）之间曾发生一次战争。当时，孙子的后裔孙膑担任齐国主将的军师，他也是一位著名的军事理论家，著有《孙膑兵法》。当魏军追近时，孙膑指挥齐军从容后撤。魏将庞涓与孙膑曾是同学，对孙膑向来不服。他邀功心切，想全歼齐军，就指挥部队深入齐境。孙膑因势利导，后撤中逐日减少宿营时垒灶的数量。庞涓误以为齐军士气低落，逃亡严重，不堪一击，便亲率精锐的战车兵昼夜兼程追赶，把主力大部队甩在了后面。齐军退到一个叫马陵的地方，这里地形险隘，孙膑就在道路两旁埋伏下大量弩手。傍晚时分庞涓追至，齐军万弩俱发，箭矢像暴雨一样落下来，魏军猝不及防，全军覆没。

◀ 孙膑像

孙子既看到了军队在对抗和运动中争夺先机的有利性，也看到了其中的危险性。为了有效地夺取先机，他提出了"以迂为直"（把弯路作为直路）的思想。弯路，也就是迂回、曲折；直路，也就是直近、直接。孙子讲的"以迂为直"，虽然是就军队的运动路径而言，但其中包含了更为广义的直接途径和间接途径或直接手段和间接手段的辩证关系。从直接途径、使用直接手段很难达成目的，甚至存在巨大危险；而通过间接途径、使用间接手段却往往能够较容易或更有效地达到目的。英国军事

百万雄师过大江 ▶

理论家利德尔·哈特（Liddel Hart，公元1895～1970年）说：
"在战略上，最漫长的迂回道路，常常是达到目的的最短途径。"
孙子"以迂为直"的思想，也是"间接路线战略"的一个源头。
孙子认为，谁理解了其中的奥妙，谁就能够掌握作战主动权。

近现代战争中许多大范围迂回包围的成功战例，是对"以
迂为直"思想的最好证明。1949年，中国人民解放军的百万雄
师渡过长江，攻克南京、上海，而后挥师南下，解放中国的南
部和西南部地区。对解放军的正面进攻，国民党军白崇禧集团
保存实力，节节抵抗。于是毛泽东指示部队采取大迂回大包围
的打法，他在给前方司令员的电报中明确指出："不要采取近距
离包围迂回方法，而应采取远距离包围迂回方法，方能掌握主
动。""对白崇禧及西南各敌均取大迂回动作，插至敌后，先完
成包围，然后再回打之方针。"这一战略取得了巨大的成功，当

解放军东西两路进行迂回的部队在广东、广西沿海会师的时候，国民党在中国南部的剩余军事力量便被完全包围，斗志彻底瓦解，很快就被歼灭了。

论后勤保障

两军对抗，争夺先机固然重要，可靠地保障粮食供应也同样重要。在本篇中，孙子又提出了后勤保障的一句名言："军无辎重则亡，无粮食则亡，无委积则亡。"（军队没有辎重就会灭亡，没有粮食就会灭亡，没有物资储备就会灭亡。）所以在两军对抗中，破坏敌人的后勤保障，切断敌人的粮食补给，往往也是争夺先机的重要手段。

前面提到的官渡之战，就是一个很好的印证。

我们可以再看一个例子：公元前154年，汉朝东南部的七个诸侯国发生叛乱，组成联军向北进攻。汉朝大将军周亚夫采取了防守反击的战略。汉朝的部队一方面在今河南、安徽、山东三省相邻的地带顽强地进行防御阻击，一方面派出精锐骑兵迂回到叛军的背后，切断了叛军的粮食运输通道。叛军久战不克，军队缺粮饥饿，被迫撤退。汉军乘势发起反攻，大败叛军，一举平定了叛乱。周亚夫的战略，实际上也是"以迂为直"。

■ 清八旗铠甲

第八篇《九变》

论将帅

中华文化丛书
ZHONGHUA WENHUA CONGSHU
孙子的战争智慧

现在我们进入第八篇《九变》。在本篇中，孙子集中地论述了作战指挥的机断变化问题。

他说："大凡用兵的法则，将帅接受国君的命令，征调兵员，集合部队，在难以通行的地区不可设营，在多国交界的地区要结交邻国，在难以生存的地区不要停留，在四面受敌的地区要运用智谋，在进退两难的地区要奋勇决战；有的道路可以不走，有的敌人可以不打，有的城邑可以不攻，有的地方可以不去争夺，国君的命令有些可以不接受。"

▼ 西汉彩绘陶武士俑

武士俑（北朝）▶

在孙子列举的这些机断变化原则中，最根本的一条是"君命有所不受"（国君的命令有些可以不接受）。孙子的这个主张，植根于他的将帅观。

孙子高度重视直接带兵作战的将帅的作用。在《孙子兵法》十三篇中，几乎每一篇都谈到了将帅问题，涉及将帅的作用、将帅的素质要求、将帅的修养、将帅与国君的关系等广泛的内容，形成了有关将帅问题的全面的思想观点。我们可以称之为孙子的"将帅论"。

孙子把将帅视为决定战争胜负的基本因素之一。关于将帅的作用，他有两句名言：

"懂得用兵作战的将帅，是民众生死的掌握者，是国家安危的主宰者。"（《作战》）

"将帅是国家的辅佐，辅佐得好国家就安全，辅佐得不好国家就危险。"（《谋攻》）

公元前169年，中国汉朝的一位杰出政治家晁错曾讲过一段话："武器装备不精良，就等于把士兵断送给敌人；士兵不会作战，就等于把将领断送给敌人；将领不懂得用兵，就等于把国君断送给敌人；国君不善于选择将领，就等于把国家断送给敌人。这四点，是掌握军事问题的要领所在。"他对将帅作用的形容，可以视为对孙子思想的一个说明。

基于对将帅作用的上述认识，孙子指出：优秀的将帅应当"进不追求名利，退不回避罪责，以保全人民为唯一的目标，其利益与君主相一致——这样的将帅，才是国家的珍宝"（《地形》）。在孙子看来，国家和人民的根本利益就是君主的最高利益，如果不是这样，君主就不是合格的君主。所以他在"以保全人民为唯一目标"这个前提下，进一步提出将帅和君主的利益应一致，就是要求双方都把利益建立在国家和人民的根本利益这个共同基础之上。这是孙子对将帅的一个根本性要求，简单地说就是以国家和人民的根本利益为重，不图名利，敢于负责。

对一名合格将帅的能力素质，孙子提出了五点基本要求，这就是："智"——有智慧，多谋善断；"信"——有信义，品德高尚；"仁"——爱护士卒和人民；"勇"——勇敢坚定；"严"——治军严明。孙子

◀ 贴金彩绘武官俑(唐)

79

把智慧作为对将帅的第一位要求,因为这是将帅正确指挥作战,确保国家安全最关键的能力;同时,孙子高度重视将帅的品德和仁爱之心,这是将帅能够切实为国家和人民服务,尽心尽责的精神基础;勇敢,是军人的必备素质;严明,是治军带兵的基本要求。可见在孙子的心目中,将帅绝不应只有匹夫之勇,而应是具有带领军队、指挥作战的出色才能,并具有高尚品德,能够对国家和人民高度负责的人。

孙子还紧密结合治军带兵、指挥作战的实际情况,从多角度论述了提高将帅的修养和能力问题。

——他要求将帅必须了解战争的规律("知兵"),掌握军队和战争的各方面情况("知天知地"、"知彼知己"、"知三军之事"、"知诸侯之谋"、"知可以战与不可以战"等);要冷静而深邃,公正而严整("静以幽,正以治");考虑问题,必须兼顾到利和害两个方面("智者之虑,必杂于利害"),在不利情况下看到有利因素,在有利情况下看到不利因素;切忌不深思熟虑而又轻敌("夫惟无虑而易敌者,必擒于人")。只有这样,才能够慎重地对待战争,正确地指挥作战,有效地管理部队。

重装骑兵复原图(南北朝) ▼

80

——他针对将帅性格的可能弱点，指出要提防五种危险：好勇无谋，一味死拼，就可能被杀；贪生怕死，临阵畏缩，就可能被俘；急躁易怒，稍受挑逗便失去理智，就可能中敌之计；廉洁好名，过于看重名声，就可能遭敌污辱诽谤的打击；过于爱民，就可能被敌利用，陷入烦劳。这五个方面，是将帅的缺陷，也是作战的灾难。

名金始终位熏将桐
有才有德有识有量

郭子仪

◀ 唐朝名将郭子仪像

——他又总结了军队的六种败象：敌我形势相当，却去攻击兵力十倍于己的敌人；士兵强悍而基层军官懦弱；基层军官强悍而士兵懦弱；部将怨怒而不服从指挥，遇敌擅自出战；主将软弱而无威严，训练管理不得其法，官兵不守秩序，布阵杂乱无章；将帅不能正确判断敌情，以少击众，以弱击强，又没有精锐的突击部队。他指出：这六种情况，都不是客观原因造成的，都是由于将帅过失所致。因此，为将者必须特别注意加以克服和避免。

关于将帅和国君的关系。在根本上，孙子要求双方都必须以国家和人民的根本利益为重，将帅应在对国家和人民负责的前提下与君主保持一致。在作战指挥上，孙子分别从国君和将帅的角度作了论述。

从君的角度，孙子明确主张"将能而君不御"（将帅有能力而国君不牵制）。他认为国君对将帅不信任，横加干预，如不知道军队不可以前进而强令其前进，不知道军队不可以后退而强令其后退；不了解军队事务而干预军队的行政，使军队上下迷惑；不懂得军事上的权宜机变而干预军队的指挥，使部队产生疑虑，等等，其结果必然是自乱其军，招致败亡。因此，国君不应当干涉那些不应干涉的军队事务，要赋予指挥员充分的战场指挥权。这是军队主动灵活地进行作战的一个重要前提。

从将的角度，孙子明确主张"君命有所不受"（国君的命令有些可以不接受）。因为战场情况瞬息万变，国君经常远离战地，不可能及时掌握前线情况，也许他发出的指示，传递到前方时，情况早发生了变化；也有可能国君并不熟悉军事，他的命令根本不符合作战的实际情况。所以直接指挥作战的将帅，必须有一定的机断权力，必须有机断指挥的自觉意识和果敢魄力。这是一条基本的军事规律。孙子从将帅与国君关系的视角，用"君命有所不受"这样一句简洁的话，对将帅的机断指挥权作了明白的表述。

有了这一条，将帅在作战中就可以根据战场情况的变化实施机动灵活、甚至是机断专行的有效指挥。这就是《九变》这一篇的中心思想。

关于将帅和君主的关系

关于将帅和君主的关系，在中国汉朝曾发生一个故事，一直受到人们的称道。

公元前158年，匈奴大规模侵犯边境，汉朝紧急调集了三支部队，驻扎在都城长安（今陕西西安）周边的霸上、棘门和细柳，以加强防御。这天，汉文帝亲自去慰劳这三支部队。他来到霸上和棘门的军营，车驾都直接急驰而入，将以下军官都骑马迎接并送行。而后前往驻扎在细柳的部队。那里防守军营的军官和士兵都穿着铠甲，手持锋利兵器，把弓弩张满。汉文帝的先锋官来到营门，却进不去。

先锋官说："天子马上就到！"把守营门的军官说："军中只服从将军的命令，没听说有天子的诏命。"

过了一会儿，汉文帝一行驾到，仍进不去。于是汉文帝派

细柳营图页

83

使臣手持代表皇帝的符节进去向将军传达他的命令，说："我要慰劳部队。"统帅这支部队的将军就是周亚夫，当时他还不是大将军。周亚夫于是传令打开营门。

把守营门的卫士对汉文帝一行的车夫和骑手说："将军规定，军营中不得快速奔驰。"汉文帝一行于是控制着马匹徐徐进入军营。

来到中军大帐，将军周亚夫向汉文帝作揖躬身行礼，说："穿着铠甲的将士不跪拜，请允许我按军礼相见。"

汉文帝肃然起敬，于是在车上站起来，手扶车前横栏，俯身致意，然后派人向周亚夫宣告："皇帝尊敬地慰劳将军。"

汉文帝一行完成了慰劳的礼仪离去。走出细柳军营后，随行的群臣都又惊又恼。汉文帝说："难得啊，这才是真正的将军！刚才霸上和棘门的两支部队，简直跟儿戏差不多，他们的将领都可以被偷袭俘虏。至于周亚夫，敌人岂能有机可乘！"一路上汉文帝称赞了好久。

千百年来，这个历史故事在中国民间一直被人们津

细柳营图页 ▶

津乐道，人们也经常把它与《孙子兵法》对将帅问题的论述联系起来看。实质上，孙子有关君主与将帅关系的思想，就是希望在二者之间建立起符合国家利益、按战争和军事的规律办事、相互信任的行为模式。

◀ 周亚夫像

关于机断指挥

　　孙子对前线指挥员机断指挥的重视，与他强调主动灵活的作战思想是紧密联系的。战场情况瞬息万变，战机稍纵即逝，指挥员没有机断指挥的权力和魄力，就谈不上主动灵活地作战，就不可能有效地把握战机，夺取胜利。关于这个问题，孙子又提出了一个主张："践墨随敌，以决战事。"（作战指挥，既要执行作战计划，也要根据敌情灵活处置。）对这个原则，我们可以用一个战例来说明。

　　1948 年底，毛泽东指挥中国人民解放军展开了解放北平（今北京）和天津的战役。固守平津的是国民党傅作义集团。解

东北野战军向
天津发动总攻 ▶

放军郑维山将军率部协同兄弟部队将傅作义集团的第三十五军包围于新保安。第三十五军是傅作义集团的王牌部队,装备好,战斗力强,该部一旦被歼,会直接动摇傅作义固守北平、天津的决心。

12月8日下午,郑维山收到上级电报,电文称:中央军委已严令我们确实包围敌第三十五军于现在地区,并隔绝其与怀来之敌的联系;我们已对军委负了责任,因此我们亦要求你严格而确实地执行我们的一切命令,如因疏忽或不坚决而放走敌人,定要追究责任。

然而就在这时,郑维山侦察得知傅作义派第一〇四军由怀来出动,企图接应第三十五军。怀来距新保安路程不远,而且沿途没有解放军部队阻拦,第一〇四军到达后即可对包围新保安的解放军部队实行两面夹击,第三十五军也可能逃掉。这将对全局造成难以设想的后果。战况紧急,必须阻挡第一〇四军,使其无法与第三十五军会合。当时郑维山与上级一时联络不上,他从全局出发,机断行事,以部分兵力继续在新保安围城,防敌出逃；然后于当晚亲率所部主力赶到沙城及其以南布防，阻击敌第一〇四军。

翌日凌晨，阻击部队与敌第一〇四军展开激战。与此同时，新保安的第三十五军也猛烈向东突围，企图与第一〇四军会合。正在这时，郑维山接到上级发给他并报军委的一份电报，大意是：你擅自把围城部队主力调至沙城地区，如敌第三十五军逃跑，你要负完全责任。但郑维山从战场实际出发，坚决地继续指挥部队阻止敌第一〇四军与第三十五军会合。战况紧急时，第一〇四军与第三十五军的部队相隔不足四公里。

由于郑维山部的顽强阻击，傅作义的这两个军终未能会合。战至傍晚，郑维山指挥所部终将敌第一〇四军击溃。这时，指战员纷纷要求乘胜追击。对此，郑维山十分冷静，他从围歼敌第三十五军的大局着眼，力排众议，严令回师，连夜恢复了对新保安的包围。

郑维山这次果敢的机断处置，粉碎了傅作义接应第三十五

◀ 人民解放军举行入城式

87

军的企图，为解放军夺取平津战役主动权作出了贡献，后来受到了毛泽东任主席的中央军委的传令嘉奖。

论战备

西汉帛书《周易》▶

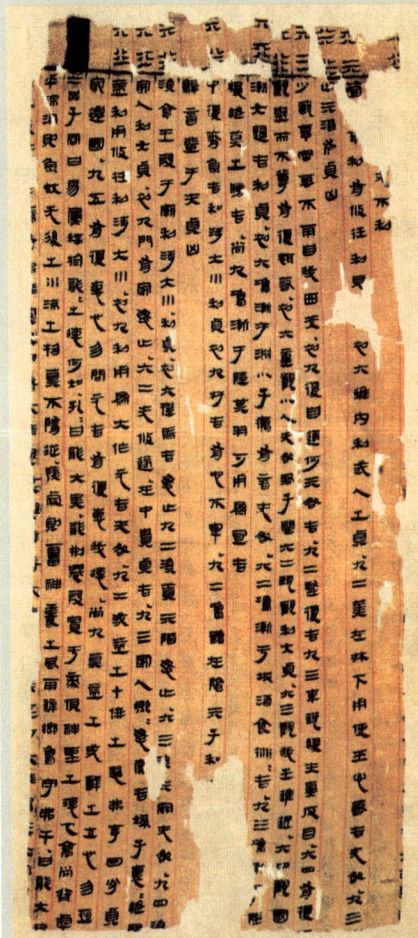

　　在第八篇中，孙子还谈到了一个观点："用兵的法则是，不要寄希望于敌人不来侵犯，而要依靠自己做好充分的准备；不要寄希望于敌人不来进攻，而要依靠自己拥有不可战胜的实力。"

　　孙子的这个观点，与中国传统的国家安全思想有紧密联系。在周朝的时候，中国还产生了一部奇书——《周易》，它以象征天、地、风、雷、水、火、山、泽八种自然现象的八卦模式推演自然和人事的变化，包含着丰富的哲学思想。其中有这样一段话：

　　国家发生危险的，是由于统治者自安于统治地位；国家

88

走向灭亡的，是由于统治者只知道保持现状；国家发生祸乱的，是由于统治者沉迷于长期的太平局面。因此，贤明的统治者在国家安定的时候不忘记可能有的危险，在国家存在的时候不忘记可能来临的灭亡，在国家太平的时候不忘记可能出现的祸乱。因此，他们就能得到自身的平安而国家也可以得到保全。

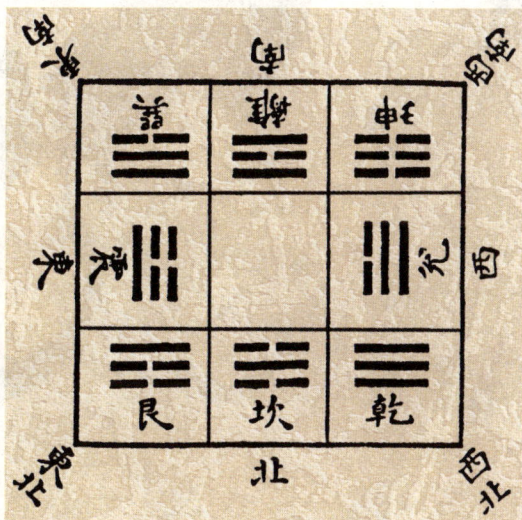

◀ 八卦图

　　基于这样的认识，中国历朝历代贤明的思想家和政治家都十分强调居安思危、有备无患，即在安全的时候要思考可能的危险，要对各种潜在的威胁保持警惕，预先加以防备；对潜在的威胁预有防范，国家才能避免祸患。由于先哲们的一再强调和提醒，这种思想成为中华民族根深蒂固的安全理念。正是受这种理念的影响，孙子在战争和作战上坚决主张立足于自己拥有强大的实力，立足于自己做好充分的准备。这也是他希望国君和将帅牢固树立的一种根本性的指导思想。

仪卫图（北朝）

第九篇 《行军》

论军队行动的因地制宜

中华文化 丛书
ZHONGHUA WENHUA CONGSHU

孙子的战争智慧

现在我们已经学习了《孙子兵法》的前八篇。从第九篇开始，孙子的讨论更加具体化了。

在第九篇《行军》中，孙子主要论述了军队在不同地形条件下行动和驻扎的方法。孙子认为，军队在山地、河湖、沼泽、平原等不同地形，应采取不同的行军、驻扎、布阵和作战方法。如说：

"通过山地，要沿着溪谷行进；军队驻扎要面南向阳，占据高

▼ 敦煌壁画张议潮
统军出行图（唐）

91

宋太祖检阅水师图 ▶

处；同占据高地的敌人作战，不能强行仰攻。这是在山地行军作战的方法。

横渡江河后一定要远离江河驻扎；敌人渡水而来，我方不要在江河中迎击，而要等敌军渡过一半时发动攻击，这样才有利；如果要与敌作战，不要紧靠水边迎击敌人；在江河地带驻扎，也要居高向阳，不要在敌人的下游驻扎。这是在江河地带行军作战的方法。

遇到盐碱沼泽地带，要迅速通过，不要逗留；如果在盐碱沼泽地带遭遇敌军，那就必须靠近水源草地而背靠树林。这是在盐碱沼泽地带行军作战的方法。

在开阔地带应选择平坦之处安营，并使军队的主要侧翼依托高地，前低后高。这是在平原地带行军作战的方法……"

孙子讲的这些方法是冷兵器时代军队行军、布阵和作战应当遵循的一般原则。他的论述体现了行军、驻扎和作战必须因地制宜的指导思想，即在不同的地形条件下，应采取不同的、与环境条件相适应的处置措施。这些措施必须有利于部队的生存，有利于部队掌握战场主动权，有利于部队展开作战和发挥战斗力。关于这个问题，孙子还将在第十篇《地形》中作进一步的论述。

论治军

　　在《行军》篇中，孙子还简明地提出了他对于治军的基本主张——"令之以文，齐之以武"（用宣教来申明规定，用法纪来统一行动）。大家应该还记得孙子在吴王宫殿里用宫女练兵的故事，这就是一次运用"令之以文，齐之以武"的方法治军带兵的实践。

　　在练兵开始的时候，孙武耐心地向宫女们讲解操练的要领和有关规定。当宫女们在训练中发生第一次错误的时候，孙武说："我讲得不够清楚，你们对规定还不熟悉，这是我的过失。"于是他又把操练的要领和军纪、军法仔细交代了几遍。这就是

▼ 发兵点将图（清）

93

"令之以文"。

可是，当孙武再次击鼓发令的时候，宫女们还是不行动而大笑不止。这次孙武说："规定不明确，交代不清楚，那是为将者的责任。现在操练内容、军纪、军法都已宣布明白，仍然不执行命令，就是下级军官的责任了。"于是孙武不顾吴王的求情，按照军法坚决地把担任队长的两个吴王宠姬斩首示众。然后指令两队的排头当队长，再次击鼓发令。这一下宫女们左右前后、跪伏起立，都能够中规中矩地行动，没有一个人敢于喧哗出声。这就是"齐之以武"。

孙子的治军方法，核心就是把教化和法纪相结合。在孙子看来，不进行充分的教化，官兵就不熟悉有关的规定，管理就没有基础；而没有严明的法纪，官兵的行为缺乏必要的约束，部队就难以步调一致，行动统一。二者缺一不可。

《大驾卤簿图书》局部 ▼

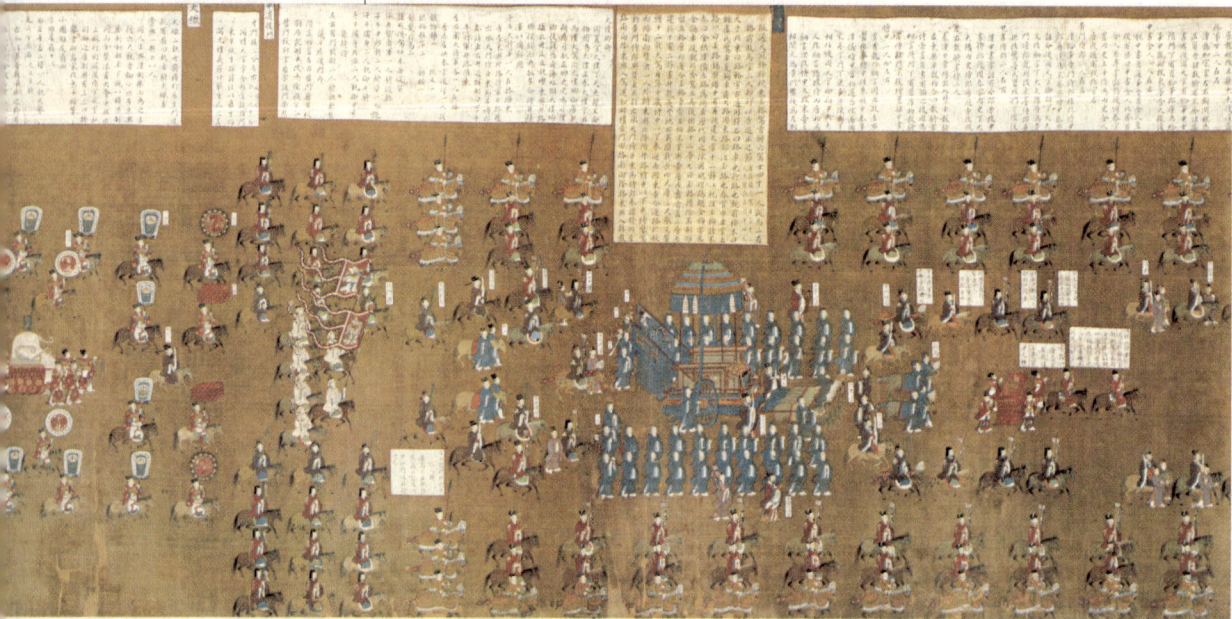

孙子高度强调军队的步调一致，行动统一。如他说："勇者不得独进，怯者不得独退。"（勇敢者不能单独前进，怯懦者不能单独后退。）又说："齐勇若一，政之道也。"（军队勇敢作战就像一个人，在于治军得法。）在实践中，他就是用教化和法纪相辅相成的方法来做到这一点。

由于孙子主张在进行充分教化的基础上实行严格的法纪，这就使得法纪的实施，有充分的令人信服的理由，易于为广大官兵所接受，避免了片面地依靠或者简单地使用严刑峻法管理部队带来的负面效果。而严格的法纪保障，则避免了教化流于软弱，起不到应有的作用。对此，孙子有一句名言："对待兵卒厚养而不使用，爱宠而不教育，违法而不惩治，那就好比受溺爱的骄子，是不能用来打仗的。"

古地图

第十篇 《地形》

论地形对作战的帮助

中华文化丛书
ZHONGHUA WENHUA CONGSHU
孙子的战争智慧

千百年来，陆地一直是人类战争的基本战场；掌握地理地形，从来都是指挥作战的基础。从战场空间上来说，今天的战争已经扩展到了陆、海、空、天、电等多维空间，所以军事家不仅要关注陆地战场，还要关注海洋、天空、外层空间和电磁空间。但在两千多年前的孙子时代，在中国的战争中，需要关注的基本只有陆地战场（包括陆地上的河流和湖泊），这是当时中国几乎唯一的战场空间，是每一个指挥员都必须下大力气加以熟悉和掌握的活动空间。所以当孙子越来越具体地讨论作战

▼ 河间府演大操（清末）

97

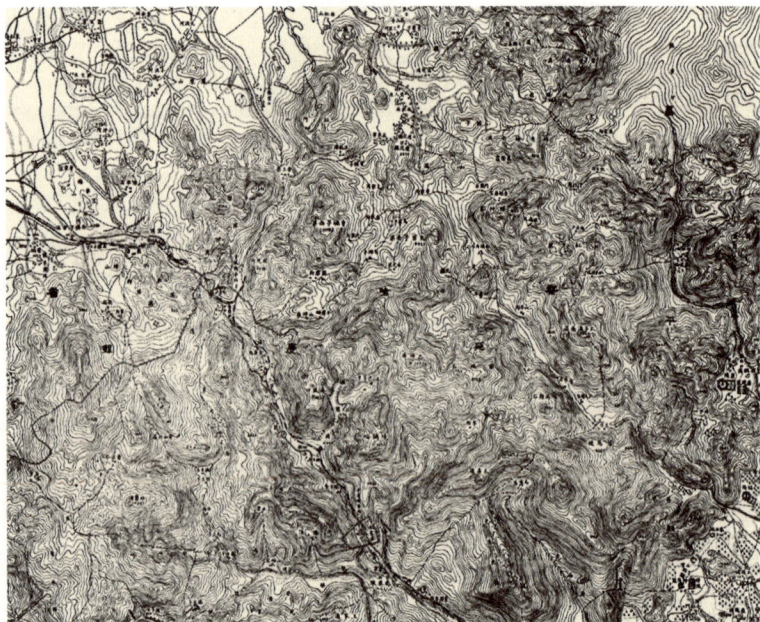

军用地图中的居庸关 ▲

问题时，他用相当多的篇幅论述了地理地形。在第九篇讨论军队的行动和驻扎时，他就主要联系地形来谈；在第十篇，他又集中地论述地形问题，这一篇的题目就是《地形》。

在本篇中，孙子对战场地形作了进一步综合分析，进一步论述了不同地形条件下军队行动的方法和原则，然后作出了明确的论断："地形者，兵之助也。"（地形有助于作战用兵。）

地形是客观的，人不能凭自己的主观愿望改变整个战场的地形，从这一点上说，人相对于地形是被动的；但人能够充分发挥自己的主观能动性，适应和利用地形，可以通过自己的主观努力避开不利的地形，将敌人引导到有利于我而不利于敌的地形中去和敌人作战，使地形成为我之助、敌之害。孙子的这一认识充分体现了他主动灵活的作战思想。

因此，能否深入了解和合理利用地形，与能否正确判断敌情同样重要，都直接关系到作战行动的成败。所以孙子说：了解地形"是将帅的重大责任，不可不认真考察研究"；"判断敌情以夺取胜利，分析地形的险易，计算道路的远近，是高明将帅的方法"。

我们再举刘伯承元帅在抗日战争中的一个战例来印证这个道理。

1938年2月中旬，侵华日军集结三万余人的兵力，向山西南部和西部侵犯。横贯太行山脉的邯郸至长治的公路（简称"邯长公路"），是日军的重要运输补给线，沿途各县均有日军驻守，其分布是：涉县驻有四百余人，黎城驻有一千余人，潞城驻有两千余人。刘伯承根据敌一处受袭，他处必援的规律，决心对黎城实施强袭，吸引潞城的敌人出援而于途中设伏加以歼灭，同时切断敌人的交通线。

刘伯承研究了作战地图后，打算把伏击阵地选在神头岭。神头岭位于潞城东北十多公里处，从地形图上看，邯长公路从其下穿过，是很好的设伏地点。但仅仅研究了地图，刘伯承还不放心，决定到现场勘察一下地形。到达神头岭后，他发现实际地形与地图上标示的不一致，公路不在岭下，而是在岭上。神头岭是一条

山梁，只有一两百米宽。公路在山梁中间蜿蜒而过，路面比两旁的地形略低。公路两侧，有过去国民党军队修的工事。猛一看，这里的地形狭窄，很难埋伏大部队，也不便于部队展开作战。

刘伯承仔细察看了地形后，决定在神头岭伏击日军的计划不变。他认为，当敌人以为地形对我不利而疏于防范时，我在此埋伏，正可收到出敌不意的效果；我可以利用公路旁的旧工事来解决部队的潜伏问题，工事离公路近的二十米，远的不过百米，敌人天天往来于山梁上，对此工事早已司空见惯，我只要把部队严密隐蔽就不会暴露。于是刘伯承下定了在神头岭设伏歼敌的决心。

3月16日，他指挥八路军第一二九师第三八六旅于拂晓前在神头岭公路两侧设伏。凌晨四时，命令一二九师第七六九团袭入黎城，与日军展开激战，歼敌百余人。黎城受袭，潞城日军以步骑兵一千五百余人向黎城增援。9时30分，当这股日军全部进入神头岭八路军的伏击地域时，埋伏于公路两侧的八路军三八六旅向敌突然发起攻击。日军猝不及防，顿时陷于混乱；而且由于狭窄地形的限制，兵力兵器难以展开反击，死伤惨重，除百余人逃回潞城外，其余全部被歼。16时，战斗

东渡黄河的八路军部队 ▼

100

全部结束。八路军第一二九师以伤亡二百四十余人的代价消灭日军一千五百余人。

这次战斗，如果刘伯承满足于地形图提供的信息，而不进行实地勘察，在战斗部署上就会犯错误；一旦部队按照错误的部署方案进入阵地，发现情况不对，就会出现混乱，再去调整就来不及了，其结果，轻则使作战计划流产，重则导致战斗失利。但刘伯承认真地进行了实地勘察，并对实际地形作了细致的分析研究，把不利的地形条件变成了八路军可以加以利用的有利因素，从而使地形成为八路军对敌作战的优势。这也就是孙子要求指挥员必须尽到的一个职责。

论知天知地

在《地形》篇中，孙子还作出了一个重要论断："知天知地，胜乃不穷。"（了解天又了解地，胜利就不可穷尽。）

地是地理地形；天是天时天候，即季节时令、气候变化。这两个方面对作战都有重大影响，所以孙子在第一篇《计》中，把二者都列为决定战争胜负的因素之一。

冷兵器时代，人类的战斗空间虽然只是平面的陆地或水域，但这个战场也是具有立体性的。古人很早就根据经验认识到，天空中日月星辰的运行决定着时令；他们又凭直观认为，云雾、雷电、雨雪等气象变化都是天的"行为"；他们又无时无刻不切身地感受到时令和气候对他们的活动（包括战争）的巨大影响，因此，无论从生活和生产的角度，还是从作战的角度，古人都很早意识到需要研究天以及受其支配的时令和气候。

但在古代，对天的关注和研究除了时令和气候这两个实际的方面之外，还有另一个受到大众普遍重视的神秘方面，即认为日月星辰的运行、天空中云气的变化，与社会人事（对个人、家族、集团，直至国家和民族的命运）存在某种超自然的联系，有许多人致力于探究这种关系，在东西方都是如此。与西方的占星术相似，在中国也很早出现了一些人，他们通过"观星望气"（观察星辰和云气的变化）来预言人事命运；他们都热衷于"阴阳"理论，认为世间万物都是寒性的"阴"和热性的"阳"两种元素相互作用的结果，并用这种理论推演天象变化，所以被人们统称为"阴阳家"。战争的吉凶成败也是阴阳家的重要预言内容，那些着重探讨星辰云气变化与战争结果之间关系的阴阳家，就被称为"兵阴阳家"（军事阴阳家）。

孙子的难能可贵之处是，他虽然也使用"阴阳"概念，也接受世间万物包括时令气候都是"阴"、"阳"作用结果的学说，但在盛行各种超自然神秘理论的古代，他却始终只强调从时令

五星占帛书 ▶

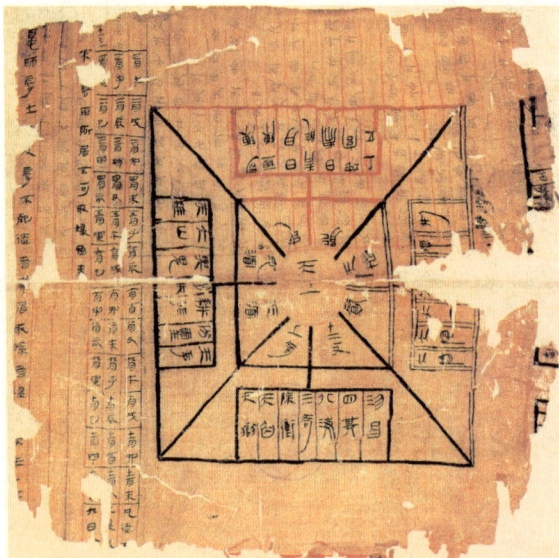

102

和气候这两个实际的方面研究天与战争的关系，探讨天对作战的影响。这对后世的中国军事家产生了深刻影响，使他们高度重视气候问题，形成了一个优良传统。

我们再举一个与曹操有关的战役（赤壁之战）为例。

公元200年曹操在官渡之战打败袁绍后，很快统一了中国北方地区，于是他在公元208年的冬天亲自统率几十万大军（号称"八十万"）南下，准备渡过长江，统一整个中国。当时占据着长江以南地区的孙权决心抵抗曹操的进攻，他联合在北方被曹操打败的刘备，在长江中游布置了精锐的水军，由大将周瑜统率，来抗击曹操大军。

以步兵和骑兵为主的曹操大军一路南下，势不可当，但面对大江，失去优势。曹操部队的士兵大部分是华北平原的农民，不懂水性，不习水战，上了战船，站立不稳，稍有风浪，一个个就都要吐出胆汁来。于是曹操命令把战船用大铁链相互连接起来，以减弱风浪颠簸，让士兵上船加紧训练。这时有人提出

◀《新绘三国志》
曹兵百万下江南

疑虑，怕敌人乘机实施火攻，战船全连在一起，逃都逃不掉。在木帆船时代，火攻是水战取胜的重要手段。但曹操不以为然，认为冬天的东亚大陆，整个受西伯利亚和蒙古高原寒冷气流的强烈影响，通常刮西北风，曹军舰队泊在长江北岸，周瑜舰队泊在长江南岸，周瑜来攻，如果纵火，正好会烧了他们自己。

但曹操和他的大部分官兵一样，是北方平原人。他不知道，在长江上，受局部性的气流影响，即使在冬天，有时候也会刮起东南风。长江上的一些渔夫，能凭经验判断出什么时候风向会变。在长江边土生土长、又长期统领水军在长江上作战的周瑜及其手下将领，深知这一地域性气候特点，也正在急切地盼望着江面上刮起东南风。因为在实力对比上，孙、刘联军只有五万人，一旦几十万曹操大军熟悉了水性，准备足了战船，发动大规模的渡江攻势，将根本无法抵挡。所以周瑜清醒地认识到，必须尽快决战，必须出奇制胜，唯一的办法就是利用东南风实施火攻。

周瑜的盼望终于有了好的结果。他果断地抓住风向转变的时机，派出一支突击

赤壁大战示意图 ▼

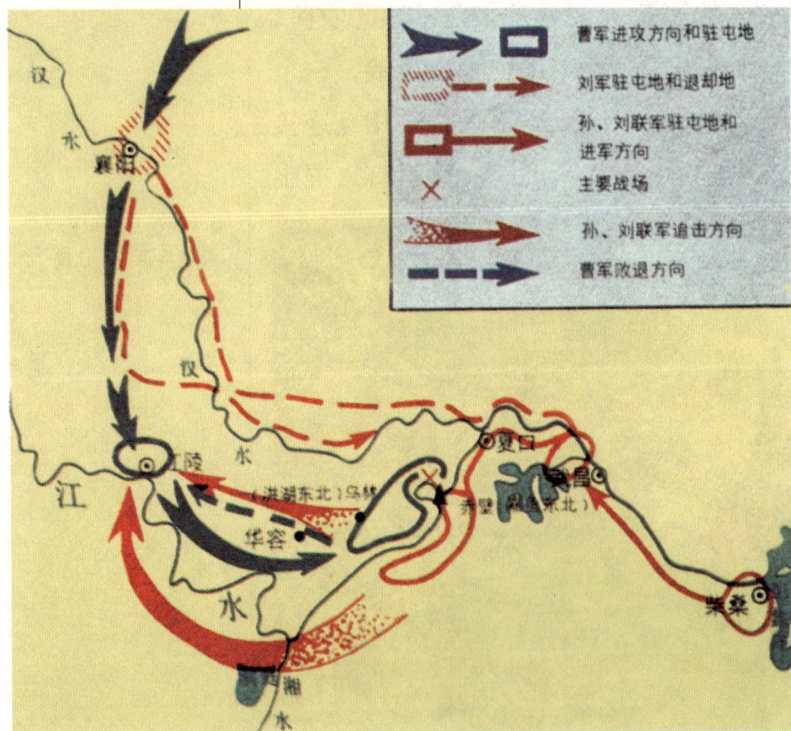

曹军进攻方向和驻屯地
刘军驻屯地和退却地
孙、刘联军驻屯地和进军方向
主要战场
孙、刘联军追击方向
曹军败退方向

船队，假装向曹军投降，驶向对岸。船队中的十艘大战船上装满了浸过油的干柴草，用布盖住。到了江中流，船队升起帆，桨、帆并用，借着东南风快速驶向对岸。接近曹军舰队时，兵士们把大船上的柴草点燃，换乘小艇退走，着火的战船像火龙一样闯进曹军舰队，风助火势，猛烈燃烧。用铁链连在一起的曹军战船无法分散躲避，大火迅速蔓延，很快又延烧到岸上的营寨。曹操大军大乱，孙刘联军乘势发起攻击，曹军伤亡惨重，战船大部分被烧毁。曹操见无法挽回败局，只好下令烧毁剩余的船只，引军撤退。

在这一战中，双方都注意到了气候因素，但对这个因素把握得更准确的周瑜，赢得了胜利。

城制

十
二
四

城制图（宋）

第十一篇《九地》

论作战环境

在第十一篇《九地》中,孙子继续对有关"地"的问题进行研究,但他的探讨内容从基础性的军事地形上升到了战略地理的层面。

孙子说:"根据用兵的法则,可把作战地域区分为散地、轻地、争地、交地、衢地、重地、圮地、围地和死地。诸侯在本国境内作战的地区,是散地;进入敌境不深的地区,是轻地;我方得到有利、敌方得到也有利的地区,是争地;我方可以去、敌方可以来的地区,是交地;与多个诸侯国毗邻,先到

◀ 抛石机模型(宋)

107

达者可以获得诸侯国援助的地区，是衢地；深入敌国腹地，背靠敌人众多城邑的地区，是重地；山林、险阻、沼泽等难以通行的地区，是圯地；军队进入的道路狭窄，回撤的道路迂远，敌人用少量兵力就可以战胜我众多兵力的地区，是围地；奋勇速战就能生存，不奋勇速战就会灭亡的地区，是死地。因此，散地不宜作战，轻地不宜停留，争地不要强攻，交地不要断绝联络，衢地应结交诸侯，重地要掠取粮草，圯地要迅速通过，围地要设谋脱险，死地就力战求生。"

孙子所说的"九地"，是按照作战环境，从战略高度区分的九种作战地域。他说："这九种作战地域的不同情况，攻守进退的利弊得失，官兵的心理状态，是不可不认真研究的。"其核心思想是使部队的作战行动与客观的作战环境、主观的部队心态统一起来。也就是说，不同的作战环境影响着官兵的心理，进而也影响到部队的行动，因此，必须从战略全局的高度实施正确的作战指导计划。在孙子看来，散地的环境是本土作战，士卒容易有逃散之心，应

用于城门防守的 ▼
刀车模型（宋）

108

重在固守，统一官兵的意志；轻地的环境是初入敌境，士卒仍有逃逸之念，应迅速深入而不停留；争地的环境是易守难攻，应力求先敌抢占，否则就不要强攻；交地的环境是道路交错，随时可能与敌遭遇，应严密部署，谨慎防守，确保联络；衢地的环境是多国相邻，应结交盟友，争取支援；重地的环境是去国遥远，深入敌后，应力争就地解决粮草供应问题；圮地的环境是地形复杂，部队极易困敝，应尽可能迅速通过；围地的环境是进退不便，兵力无法展开，应尽快找到出路；死地的环境是没有逃跑之路，就要死战求生。

▲ 撞车模型（宋）

　　孙子把部队在不同作战环境下的不同心理状态作为作战指导必须考虑的重要因素，是一种卓识。在这里，战略地理学与军事心理学统一到了一起；在讨论作战地域的这一篇中，人们看到了许多军事心理学的内容。从独特的角度引出出人意料的思想，是《孙子兵法》的突出特点。

论军队心理

    孙子在吴王宫殿上组织宫女练兵的表现，反映出他是一个善于把握人的心理的大师，因此他研究战争，也非常重视对军队心理因素的把握和利用。

    孙子曾说："三军可夺气，将军可夺心。"（对于敌人的军队，可以打击他的士气；对于敌人的将领，可以动摇他的意志。）这启发了后世军事家对"攻心"（打击敌人心理）策略的重视。前面我们提到中国人民解放军于1948年底进行的平津战役。在这次战役中，毛泽东定下了争取和平解放北平（今北京）以完好地保存这

东北野战军在
北平入城接防 ▼

110

座千年古都的战略目标。他先是指挥部队消灭了国民党傅作义集团的王牌第三十五军，接着又指挥部队果断地强攻解放了天津，这对坐镇北平、陷入重围的华北国民党军主帅傅作义的心理意志造成了极大打击，促使他最终作出了易帜起义的决定，解放军和平地接管了北平。

孙子又说："杀敌者，怒也。"（军队英勇杀敌，要靠激励士气。）"投之亡地然后存，陷之死地然后生。"（使军队陷入无路可退的绝境，反而能奋起拼杀赢得胜利。）这启发了后世军事家采用激发部队斗志的大胆战术。比如，孙子在讲地形时曾说"不要紧靠水边迎击敌人"，所以"背水列阵"一直被指挥员视为大忌。但公元前205年中国汉朝的名将韩信在一次作战中偏偏背水列阵，部队后无退路，陷入绝境，人人拼死杀敌，以一当十，反而打败了人数远比自己多的敌军。在国际象棋中，"卒"是最普通的棋子，它无法后退，只能一路拼死向前，但一旦到达底线，就会变成威力无敌的"后"。高明的将军就是要让士兵明白，战士在战斗中别无退路，只有奋勇杀

◀ 韩信登坛拜将图

敌，才有生存和提升的机会。而在实际作战中，要成功地让士兵们摒弃恐惧和软弱而勇敢作战，往往需要指挥员采取特殊的心理暗示和激励办法。

孙子对战争中军队心理问题的关注和探讨，是富有意义的，也是很有启发性的。

论协同配合

在第十一篇中，孙子还特别强调了作战中的协同配合问题。他说："善于指挥作战的人，能使部队互相策应，就像'率然'一样。'率然'是常山的一种蛇。打它的头部，尾部就来救应；打它的尾部，头部就来救应；打它的中部，头、尾就都来救应。"

有人提出怀疑，问："真能让部队像'率然'一样吗？"孙子坚决地说："可以。"

釉陶铠马俑（北朝）▶

112

他又讲了一个故事："吴国人和越国人互相仇视，当时吴国和越国是世仇，相互打了几百年。可他们同乘一条船过江，中途遇到风暴，却互相救应，就像一个人的左手和右手一样。"仇人尚且如此，何况一支军队。孙子讲的这个故事后来在中国广为流传，并被概括为一个成语——"同舟共济"，专门形容人们面临危险时，团结奋斗，共渡难关。

在孙子看来，一支军队投入作战，就像驶入风暴的一条船，"船"上的每一个单位、每一个人，都应当互相配合，互相救应，才能够克服困难，战胜敌人，赢得胜利。

樊噲

日分

彭越

张良

韩信

灌夫

楚霸王

虞姬

朱盛侯

英布

■ 楚汉争霸图

第十二篇 《火攻》

论火攻的方法和原则

现在，孙子对战争问题的探讨已经接近尾声。在第十二篇，他专门论述了一种特殊的作战方法——火攻。

早在人类进化的初期，先民在与野兽的斗争中就大量利用了火，他们用火来驱赶猛兽，保卫营地，又用火作为狩猎的辅助手段。延续这个传统，在冷兵器时代的战争中出现了火攻。

古代火攻，既运用于野战、攻城，也运用于水上战斗。野战焚烧敌人的营寨、粮秣、辎重、桥梁；水战焚烧敌人的舟船、港口、水寨；攻守城战中，攻方运用各种火攻器具焚烧敌人的城门、城楼、屋舍、积贮，守方则抛射纵火物焚烧敌人的攻城器械。

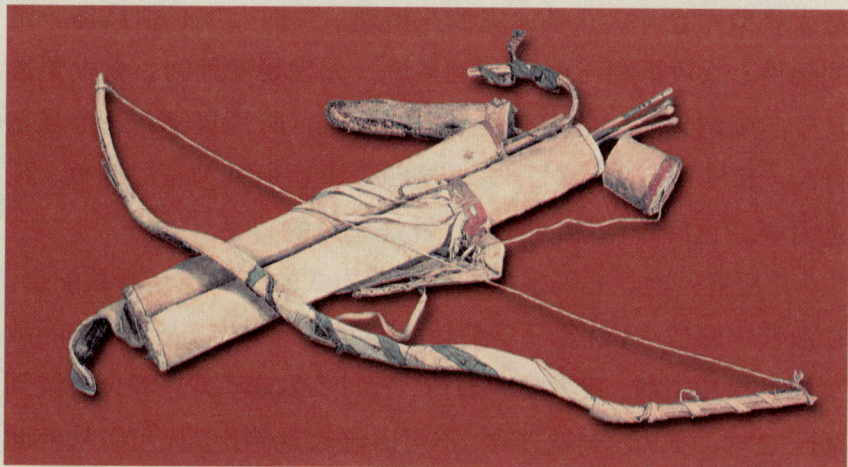

◀ 弓箭、箭箙、弓袋、刀鞘（魏晋）

115

陆逊烧营七百里 ▶

当时，人们主要是用易燃的动物油脂或植物油（如麻油），浇淋、浸染柴草、秸秆、芦苇、麻布等物，或者用弓、弩、抛石机发射，或者由兵卒、动物飞禽（牛马鸦雀等）携带，或者用车船载送，以纵火焚烧敌人。

《孙子兵法》第一次对火攻这种特殊的作战方法进行了总结：

"火攻有五种：一是火烧敌军人马，二是火烧敌军粮草，三是火烧敌军辎重，四是火烧敌军仓库，五是火烧敌军粮道。实施火攻必须具备一定的条件，火攻器材平时必须准备好。火攻要看天时，纵火要选日子。所谓天时，是指气候干燥的时候；所谓日子，是指月亮行经'箕'、'壁'、'翼'、'轸'这四个星宿所处方位的时候。凡是月亮在这四个位置的时候，就是起风的日子。"

"凡用火攻，必须根据五种火攻方式的不同灵活派兵配合。在敌营内部放火，就要及早派兵从外面进行策应。火已烧起而敌军依然保持镇静，我方就应等待，暂时不发起进攻；等火势烧到最旺之时，可以进攻就进攻，不可以进攻就停止。火可以从外面燃放，就不必等待内应，根据时机放火就行。要顺风放火，不要逆风进攻。白天刮风时间长，夜晚风就容易停止。军队必须懂得五种火攻方式的变化，等待条件具备时再进行火攻。"

在这些论述中，孙子对古代火攻方式的概括还不是很全面，但他着重强调了两个原则，对指挥员正确地运用火攻非常关键。

一是火攻要与军队的进攻行动相配合。也就是说，火攻不是无目的的随意纵火，而是军队进攻的一种辅助手段，因此必须正确选择火攻的目标，切实有效地对敌军形成打击。孙子着重强调了用火攻破坏敌人的后勤补给，以使敌人陷入混乱，从而为我军进攻创造出有利的机会。根据这一认识，孙子又明确地把"火攻"称为"以火佐攻"（用火辅助进攻）。

二是运用火攻必须具备气候条件。在这里，孙子再次非常实际地谈到了"天"的因素，要求指挥员予以高度关注。

这些原则，在前面介绍的赤壁之战周瑜对火攻的运用中，都有很好的体现。

◀ 赤壁鏖兵

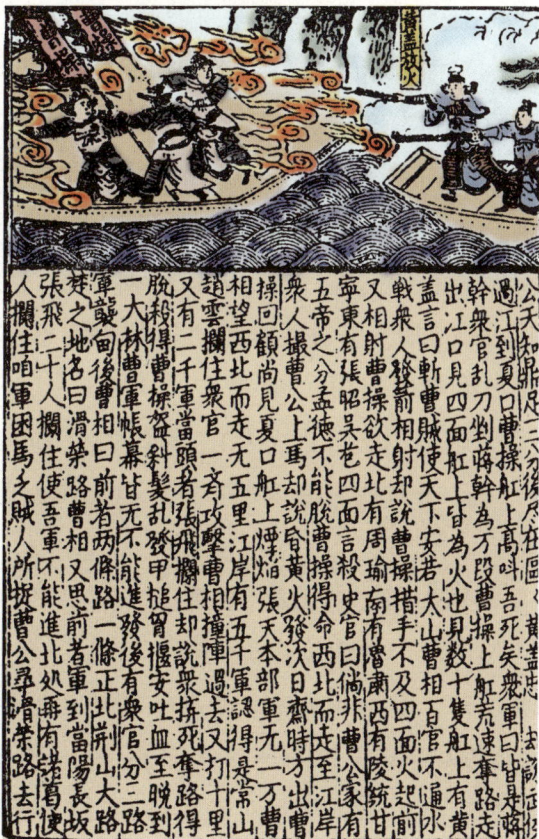

论费留

在第十二篇中，孙子还提出了一个极其重要的思想。

他说："打了胜仗，攻取了土地城邑，却不能妥当地进行治理，就必定会有祸患，这种情况叫做'费留'。"

所谓"费留"，字面的意思是财力耗费，军队滞留；实质是指兵连祸结，无休无止，国力空耗，军队疲惫，却无法解脱的恶性状况。

孙子认为，战争关系到军民的生死、国家的存亡，必须以极其慎重的态度来对待，必须进行周密的筹划和指导；既要考虑战胜攻取的问题，也要考虑如何控制战争、如何进行战后治理的问题。他清醒地意识到，必须在战胜攻取之后，继之以一系列切实有效的治理措施，才能巩固胜利成果，达成战略目标。只知道战胜攻取，却不能够妥当地进行战后治理，其结果必然是深陷战争泥淖而难以自拔。

这是两千五百多年前孙子对战争问题发出的警世箴言！

孙子对战后治理的重视，又让人想起汉朝初年陆贾对刘邦的劝告。

据中国史书记载，推翻了秦朝，又打败项羽，建立起汉朝的刘邦是一个性情豪爽、不拘小节的人。他夺得天下后，踌躇满志。当时有个儒生叫陆贾，常常在刘邦面前称道儒家经典《诗经》和《尚书》中的思想——这两部书是孔子编定的中国最早的诗歌总集和文献总集。刘邦对他骂道："你老子我的天下是骑在马上打出来的，哪里用得着《诗经》和《尚书》！"

陆贾回答说："您可以骑在马上打天下，难道也可以骑在马上治天下吗？商朝的成汤和周朝的武王都是先用武力夺得天下，然后顺应形势的需要用文治来守成天下。文治与武功并用，才是国家长治久安的好办法。从前有一些国君，因为极力炫耀武功而导致灭亡；秦朝统一天下后，仍然一味地使用残暴手段而不改变，最终也导致灭亡。假使秦朝在统一后施行仁义之道来治国，效法古代圣君贤王，那么，陛下您又怎么能够取得天下呢？"刘邦听后心情不快，脸上露出惭愧之色，便对陆贾说："那就请你试着给我总结一下秦朝之所以失天下、我朝之所以得天下的原因，以及古代王朝成功与失败的原因所在。"于是陆贾就大略地概括了历史上国家兴衰存亡的征兆和原因，前后写了十二篇文章呈送给刘邦。陆贾每上奏一篇，刘邦都在朝堂上给予称赞，左右群臣都高呼万岁。后来人们便把陆贾这十二篇文章结集成书，称为《新语》。

陆贾提出的"文治"，意思是从政治、经济、文化、教育等方面对国家进行良好的治理。这个故事后来在中国广为流传，人们把陆贾对刘邦的建议概括为"下马治天下"。

▼ 刘邦入关约法

■ 骑马武士浮雕（金）

第十三篇《用间》

论使用间谍的意义和原则

中华文化丛书
ZHONGHUA WENHUA CONGSHU

孙子的战争智慧

在《孙子兵法》的第十三篇，孙子专门论述了使用间谍问题。这是历史上有关间谍问题的最早的系统论述，所以《孙子兵法》的最后一篇称得上是军事情报学的第一篇经典文献。

孙子认为，使用间谍必须要有大胸怀和大智慧。

他说："凡是兴兵十万，出征千里，百姓的耗费，国家的开支，每天要花费千金。前方和后方动乱不安，士卒和民夫在路上奔波，不能从事正常生产的，有七十万家。这样相持数年，来争夺决战的胜利。如果吝惜爵禄和金钱，不重用间谍，以致不了解敌情而导致失败，就是不仁慈到了极点。这种人不配做士兵的统帅，算不上国家的辅佐，不能成为胜利的主宰。英明的

◀ 南朝仪仗画像砖

121

君主和优秀的将帅之所以一出兵就能战胜敌人，功业超出众人之上，就在于能预先了解敌情。预先了解敌情，不可祈求于鬼神，不可用相似的事情进行类比，不可用日月星辰的运行去推测，一定要依靠人，即从熟悉敌情的人那里获得。"

在孙子看来，准确地掌握敌情是战争决策的基础，是作战行动的依据，是克敌制胜的前提；使用间谍，则是预先了解敌情的重要手段，君主和将帅必须从国家根本利益的高度来认识使用间谍的问题。

孙子又讲了两个历史故事，他说："从前商朝的兴起，是因为有伊尹在夏朝了解了情况；周朝的兴起，是因为有吕望在商朝了解了情况。所以，英明的君主，优秀的将帅，能任用智慧超群的人充当间谍，就一定能够成就大功。"

天锡昹衡左右商王
忠光日月肩荷綱常

伊尹

伊尹像 ▶

我们知道，夏朝、商朝和周朝是中国古代最初的三个王朝。伊尹和吕望，都是中国历史上有名的足智多谋之人，他们分别在商朝取代夏朝和周朝取代商朝的时代巨变中发挥了重要作用。

伊尹原是夏朝之臣，属于有莘氏部族，因部族公主嫁与商族首领成汤，他也随同来到了商族，受到成汤的重用。当时，夏朝的国君桀暴虐百姓，荒淫无度，民怨沸腾。伊尹看到夏朝人心背离，便建议成汤乘机取而代之。他辅佐成汤修德施仁，争取民众支持；又采取由近及远、先弱后强、各个击破的方略，剪除夏朝的羽翼。在此期间，伊尹还两次亲自进入夏都探察政情、军情和民情，最终协助成汤把握住有利时机，兴兵讨伐夏桀，将众叛亲离的夏桀一举打败，于是灭亡了夏朝，建立起了商朝。

到了商朝晚期，历史又出现了相似的一幕。商朝的最后一位君主纣王荒淫残暴，众叛亲离。吕望原在商朝为臣，见国家没有前途，就弃官隐居。这时周族在贤明的首领周文王带领下，不断发展壮大，吕望就投奔了文王。他凭借自己对商朝各方面情况的了解，发挥了出色的才能，协助周文王对内修明政治，发展生产，增强实力，对外广泛争取各部族的支持。到周文王的晚年，形成了人心向周的局面。周文王死后，武王继位。吕望又协助周武王联络了众多部族形成反商联盟。在武王即位后的第四年，吕望见商朝统治集团由于纣王的倒行逆施而分崩离析，于是不顾占卜结果不吉利和风暴骤至的恶劣天候，坚决地促使武王抓住战机，

▶ 周武王像

武王

伐通逃主封聖賢八後
重民五教克配三后

123

起兵伐商。周军联合了各部族的军队，在武王和吕望的统帅下，沿途安抚民众，声讨纣王罪行，分化瓦解敌人，顺利进抵商都郊外的牧野。在紧接着进行的牧野大决战中，商纣王军队的前锋发生倒戈，商军大败；纣王逃回王宫，自焚而死，商朝就这样灭亡了。武王建立起周朝后，封赏功臣，建立了许多诸侯国，他把吕望分封到东部滨海地区，建立起齐国——这就是孙子的故乡。由于吕望是齐国的始祖，所以他又被人们尊称为"太公望"。在中国民间，一直把吕望视为中国历史上第一位大军事家。

武士俑（北朝）▶

　　在高度强调了使用间谍的重要性后，孙子基于他对间谍工作的了解，不禁感叹道："军队中的事，没有比将领与间谍的关系更亲近的，没有比对间谍的奖赏更优厚的，没有比使用间谍更秘密的。不是圣明睿智的人不能运用好间谍，不是仁义的人不能指使间谍，不是用心细密的人不能得到间谍的真实情报。微妙呀！微妙呀！"

关于《孙子兵法》的篇章结构

　　孙子用《用间》篇结束了他对整个战争问题的宏大思考。中国现代战略学家钮先钟曾说：《孙子兵法》第十三篇《用间》，"用现代术语来表示，其讨论的主题即为情报。把情报提升到战略层次，实为孙子思想体系的最大特点"。如果把钮氏这句话中的"最大特点"改为"突出特点"，可能会是更恰当的评价。我们已经看到，《孙子兵法》一书主要围绕两个主题展开论述，一是慎重周密地谋划战争，二是机动灵活地作战用兵。在孙子看来，这两个方面都必须以掌握各方面的情

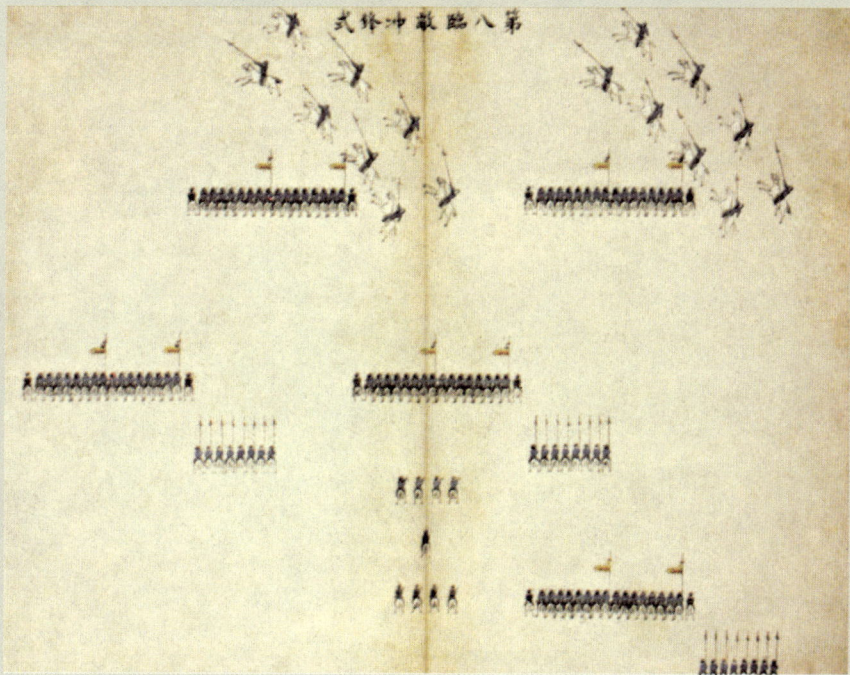

◀ 步骑兵演练阵图（清）

况信息为基础，使用间谍则是了解至关重要的敌方情况的重要手段。《孙子兵法》最后一篇对情报问题的强调，再次强烈地表明，孙子将其关于战争问题的全部理论，都建立在了解战争、掌握情况的基础之上。

　　现在，我们对于《孙子兵法》十三篇的结构，可以形成这样的认识了：第一篇是全书之纲，提出了全书将要讨论解决的两个核心主题，并作了纲领性的阐述：一是战争的总体运筹和谋划问题；二是作战问题，包括作战思想和作战方法。第二篇至第四篇，主要论述战争的总体运筹和谋划问题，提出了一系

昆明湖水军炮船合操图（清）▶

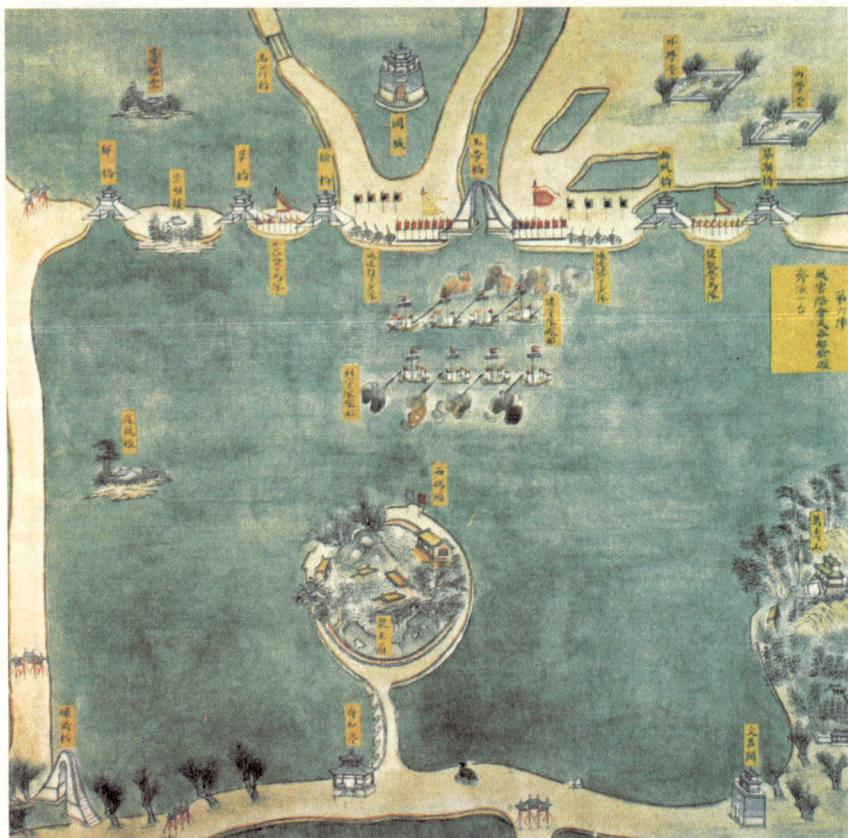

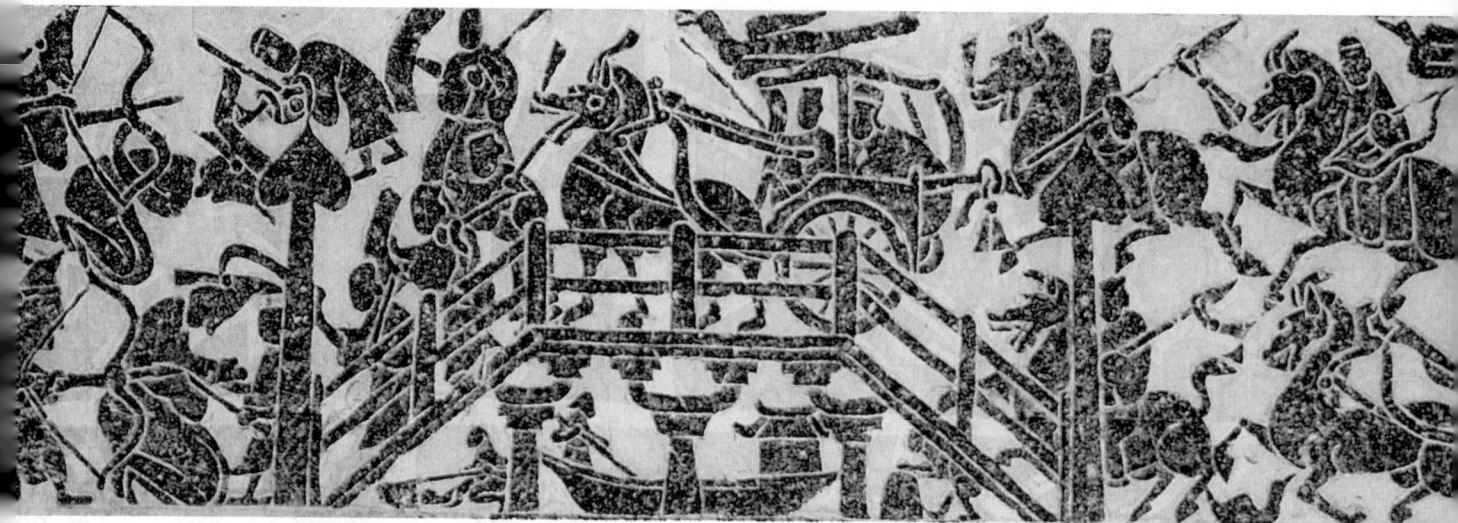

列大战略思想。第五篇至第十二篇，主要论述作战问题，其中第六篇《虚实》提出了孙子的核心作战思想，其他各篇广泛论述了一系列作战原则和作战方法，它们共同构成了孙子的作战理论。第十三篇专门论述了情报问题，这对于战争运筹和作战用兵，都是重要的基础。在此篇章结构中，孙子还充分阐述了他对于战争的基本态度和有关将帅问题的丰富思想，并涉及了军事领域方方面面的广泛问题，由此建立起了一个具有鲜明特点的伟大的军事理论体系。

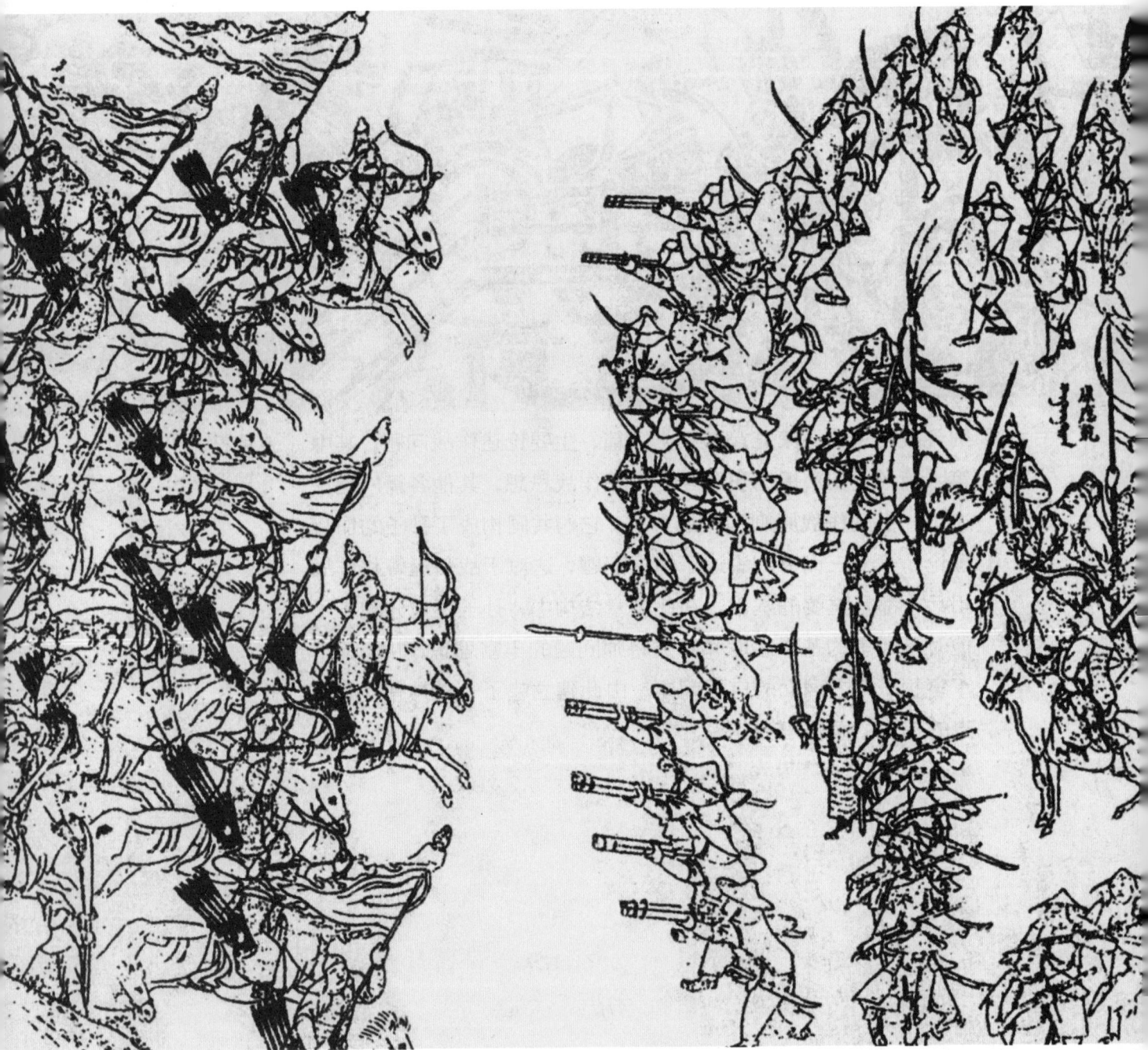

明清战争图

《孙子兵法》的传播和影响

　　我们努力按照孙子的思路，对孙子的思想作了概要的介绍。可能许多人都会对《孙子兵法》这部产生于两千五百多年前的古老著作的丰富内容感到某种惊奇。实际上，如果我们放眼来看，不难发现，人类历史在进入公元前6世纪后，迎来了一个思想大爆发的精神创造期。在希腊，出现了泰勒斯、毕达哥拉斯，开启了希腊哲学和科学的源头；在印度，出现了释迦，创始了佛教；在中国，出现了老子、孔子和孙子，揭开了"百家争鸣"时代的序幕……

　　《孙子兵法》就是人类思想这一次喷薄爆发的成果之一。

　　相对于同时期东西方其他思想巨人在哲学、政治、科学、宗教等方面的伟大理论创造，孙子在军事方面同样进行了独到而伟大的理论创造。他们的思想成果，共同

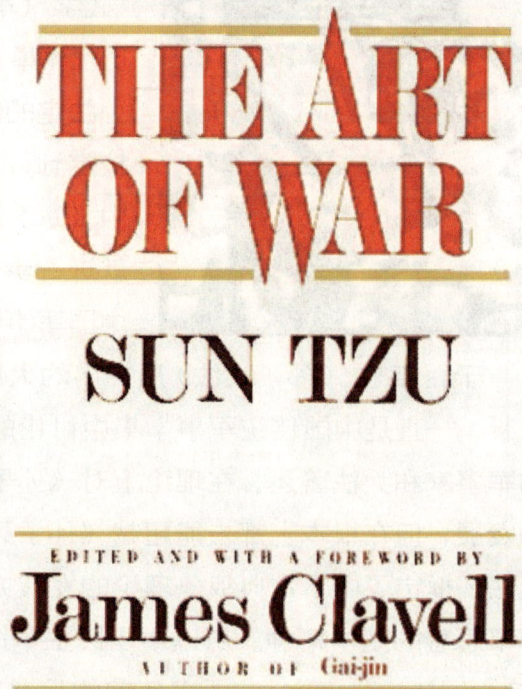

◀ 英文版《孙子兵法》

THE ART OF WAR
SUN TZU

EDITED AND WITH A FOREWORD BY
James Clavell
AUTHOR OF Gai-jin

人民解放军 ▲
解放张家口

对人类塑造自己的精神世界和现实世界产生了巨大而深远的影响。

自从公元前6世纪末《孙子兵法》问世，它首先在中国产生了广泛影响。公元前1世纪初，中国大史学家司马迁曾说："世俗谈论军事，都要说《孙子兵法》十三篇。"可见当时这部书在中国已经非常普及，非常受推崇。到了公元11世纪，中国宋朝设立"武学"（军事学校），朝廷专门从历代军事著作中选出了七部书作为法定的教科书，于1080年统一校定刊行，称为"武经七书"，其中《孙子兵法》被列于首位。这就进一步确定了《孙子兵法》在中国军事学中的首要经典地位。

千百年来，《孙子兵法》所提出的大量概念、范畴、命题和论断，一直是中国传统军事学集中讨论的对象，中国历朝历代的军事家和兵法著述，在理论上对《孙子兵法》不断有所补充和发展，但在根本上都未能超越《孙子兵法》。可以说，《孙子兵法》框定了中国古典战争理论的发展方向，确立了中国传统军事思想的基本精神。所以中国民主革命的先行者孙中山说："就中国历史来考究，二千多年前的兵书有十三篇，那十三篇兵书便是解释当时的战理。由于那十三篇兵书，便成立中国的军事哲学。"

优秀的传统思想是民族宝贵的精神财富。在中国近代以来构建新型军事理论的过程中，《孙子兵法》继续发挥了积极的作用，成为重要的思想来源之一。以毛泽东军事思想为例。早在1914年，毛泽东在长沙湖南省立第一师范求学时，就读了中国近代启蒙思想家魏源写的《孙子集注序》，并在自己的学习笔记中抄录了孙子的一些名言。从井冈山斗争开始，毛泽东在作战用兵上一直极为强调主动性和灵活性，不拘一格、灵活机动、出奇制胜是其战略战术的突出特点，这与孙子的作战思想和理论存在着深刻的渊源关系。而且，毛泽东以自己波澜壮阔的战争实践，真正达到了孙子所说的用兵如神的境界。1935年红军长征到达延安后，毛泽东开始深入思考中国革命战争的重大理论问题，先后撰写了《中国革命战争的战略问题》、《论持久战》等重要著作，确立了毛泽东军事思想的主体内容。这个时期毛泽东在军事理论上的卓越创造，有三个主要的思想来源：一是马

▼《中国革命战争的战略问题》

克思、列宁的唯物辩证法思想；二是以克劳塞维茨《战争论》为代表的西方优秀军事思想；三是优秀的中国传统军事思想，包括《孙子兵法》和中国历史上一系列著名的战例所蕴涵的宝贵启示。就在1935年毛泽东投入他的军事理论创作时，曾专门给在西安的叶剑英去信，要他代为购买最新的各种军事理论著作，并特意指出要买一部《孙子兵法》来。在《中国革命战争的战略问题》和《论持久战》中，毛泽东多处引用了孙子的话来说明问题，还举了中国历史上的许多著名战例来印证自己的观点。以《孙子兵法》为代表的中国优秀军事遗产的深刻影响，赋予了毛泽东军事思想深厚的历史内涵，也是毛泽东军事思想表现出独特的中国气派的一个重要因素。

武士俑（隋）▶

在公元 7 世纪的中国唐朝，《孙子兵法》先后传到了朝鲜、日本、越南等国，在东亚地区产生了广泛影响。1772 年，法国耶稣会士 Jean Joseph Marie Amiot（约瑟夫·J.阿米欧，中文名钱德明，别名钱遵道）最先将《孙子兵法》翻译成法文；之后在欧洲又陆

续出现了俄文、德文和英文的《孙子兵法》译本。从 19 世纪到 20 世纪上半叶，这部古老的中国军事著作逐渐引起了西方社会的注意和兴趣。

20 世纪下半叶以来，《孙子兵法》在世界上的流传进一步扩大。据不完全统计，今天，《孙子兵法》已经拥有日、法、俄、德、英、意、捷克、罗马尼亚、希伯来、希腊、阿拉伯、荷兰、西班牙、越南、丹麦、缅甸、泰、朝、马来西亚等诸多语种的译本，在全世界得到广泛传播。有越来越多不同国家的军事院校，把《孙子兵法》列为重要军事经典，希望或要求学员加以阅读和研究。随着人类社会迈入 21 世纪，《孙子兵法》的影响非但没有消退，反而进一步跨越了地域和语言的局限，受到越来越多不同肤色人们的重视。

■ 铜车骑俑行列（东汉）

　　现在，我们这次虽然短暂但却非常难得的共同学习就要结束了，希望我们的共同学习对朋友们了解孙子和《孙子兵法》能够有所帮助。最后，请允许我引用英国作家詹姆斯·克拉维尔的一段话，作为结束语：

　　"两千五百年前，孙子写下了这部在中国历史上奇绝非凡的著作。……我从内心里感到，如果我们的近代军政领导人研究过这部天才的著作，越南战争就不会是那种打法；朝鲜战争就不会失败（当时我们没打胜就算是失败）；猪湾登陆就不会发生；伊朗人质问题上的丢脸事件不会出现；大英帝国也不会解体；很可能第一次世界大战和第二次世界大战可以避免——至少可以肯定不会那样进行作战，因而被那些自称为将军的魔鬼们愚蠢地、无谓地断送掉生命的几百万青年就会正常地走完他们人生的路程。……我真诚地希望你们爱读这部书。《孙子兵法》很值得一读。我希望，《孙子兵法》成为自由世界里所有的现役官兵、所有的政治家和政府工作人员、所有的高中和大学学生的必读材料。如果我成为总司令、总统或总理，我还要前进一步：我要用法律的形式规定下来，对全体军官，特别是全体将军，每年进行两次《孙子兵法》十三篇的考试，一次口试和一次笔试，及格分数是 95 分。任何一位将军如果考不及格，立即自动免职，并不许上诉，其他军官一律降级使用。我强烈地认为，《孙子兵法》对我们的生存至关重要；它能提供我们所需要的保护，看着我们的孩子和平茁壮地成长。永远记住，从古时起，人们就知道：战争的真正目的是和平。"[引自克拉维尔为翟尔斯（L.Giles）《孙子兵法》英译本重印版所作的前言]

有必要补充的是，克拉维尔先生也许过高估计了孙子思想的威力，因为历史的进程是多种复杂因素综合作用的结果。但各民族更多地交流优秀的思想成果，让它们为更多的人了解，更多地产生互相启发的作用，人类社会的前景就必定会更美好。至于"考试"的设想，我想各国的军官们要看的文件、要记的规章条令实在已经太多了，对于先哲的著作，大家还是自由、放松地阅读吧！

参考文献

1.曹操等注、郭化若译：《十一家注孙子》（附今译），中华书局，1962年。

2.中国人民解放军军事科学院战理部：《孙子兵法新注》，中华书局，1977年。

3.陶汉章：《孙子兵法概论》，解放军出版社，1985年。

4.杨炳安：《孙子会笺》，中州古籍出版社，1986年。

5.吴九龙主编：《孙子校释》，军事科学出版社，1990年。

6.杨少俊等：《孙子兵法的电脑研究》，解放军出版社，1992年。

7.吴如嵩主编：《孙子兵法辞典》，白山出版社，1993年。

8.李零：《吴孙子发微》，中华书局，1997年。

9.于汝波主编：《孙子兵法研究史》，军事科学出版社，2001年。

10.钮先钟：《孙子三论：从古代兵法到新战略》，广西师范大学出版社，2003年。

11.中国人民解放军总参谋部军训和兵种部：《孙子兵法军官读本》，解放军出版社，2005年。

12.吴如嵩：《孙子兵法新说》，解放军出版社，2008年。

本书中涉及的中国重要历史人物简介

　　大禹（约公元前21世纪）　中国上古部落联盟领袖。带领人民疏通江河，兴修沟渠，平息洪水，发展农业生产。相传他为治理水患而奔走各地，十三年中三次路过家门而没有进去。他的儿子启建立了中国古代的第一个王朝——夏。

　　周文王（约公元前11世纪）　商朝晚期周族领袖。姓姬名昌，在位五十年，任用贤人，施行德政，带领周族逐渐走向强大。其子周武王继承父业，最终推翻商朝建立了周朝。相传周文王还是《周易》一书的始创者。该书以象征天、地、风、雷、水、火、山、泽八种自然现象的八卦模式推演自然和人事的变化，包含着丰富的哲学思想。

　　老子（约公元前6世纪）　中国古代思想家，道家的创始人。生活年代略早于孔子（公元前551~前479年），曾任周朝的史官，据说孔子曾向他求教。老子认为"物极必反"，主张"清静无为"，所著《道德经》（也称《老子》），是中国古代最重要的两部哲学著作之一（另一部是《周易》）。

　　孔子（公元前551~前479年）　中国古代思想家、教育家，儒家创始人。姓孔名丘，周朝鲁国（今山东曲阜）人。孔子提倡"仁义礼信"、"中庸"、"和谐"，主张"有教无类"、"克己复礼"、"己所不欲，勿施于人"。由孔门弟子汇集孔子言论而成的《论语》一书，是中国古代最重要的人生哲学著作。

楚庄王（公元前？～前591年）　中国周朝诸侯国楚国的国君，公元前613～前591年在位。统治期间，整顿内政，兴修水利，增强军力，国势强盛。

楚霸王项羽（公元前232～前202年）　中国秦朝末年起义军领袖。以勇武善战著称，与刘邦等率领起义军共同推翻秦朝。秦朝灭亡后，自封为"西楚霸王"，封刘邦为"汉王"，两人为争夺天下随即展开激战，史称"楚汉战争"。最终项羽战败自杀，刘邦获胜，建立了汉朝。

汉高祖刘邦（公元前256年或前247～前195年）　中国汉朝的开国皇帝。建国后，采纳儒生建议，采取"文武并用"——把政治手段和军事手段、以德治国和以法治国、施惠于民和平暴诛乱相结合的办法治理国家。

汉文帝（公元前222～前157年）　中国汉朝的第三位皇帝。汉高祖刘邦之子，公元前180～前157年在位。在他统治期间，汉朝开始趋向稳定、繁荣。

晁错（公元前200～前154年）　中国汉朝政治家。先后就发展经济、富国强兵、巩固边防等重大问题向汉文帝提出建议，都得到采纳，并被汉文帝任命为太子的老师。

司马迁（公元前145年～前1世纪初）　中国汉朝史学家。

所著《史记》共有130篇，记述了中国从上古至汉朝的历史，是中国第一部通史，被誉为"史家之绝唱，无韵之离骚"。

曹操（公元155～220年）　中国三国时期政治家、军事家。汉朝崩溃后，曹操统一了中国北方地区，与占据江南地区的孙权和占据四川地区的刘备形成分裂对峙的局面，从而使中国历史进入了三国时期。他们之间的斗争故事后来被中国文人写成了一部小说——《三国演义》，在中国广为流传，家喻户晓。曹操还是一位很有成就的军事理论家，他为《孙子兵法》所作的注释经常被人引用。

唐太宗李世民（公元599～649年）　中国唐朝的第二位皇帝。公元627～649年在位。在他统治期间，唐朝迎来了繁荣昌盛的时代，唐朝京城长安（今陕西西安）成为欧亚各国使节、商旅、学者汇聚的大都市。

李靖（公元571～649年）　中国唐朝大将军。公元630年率军在阴山打败了东突厥，俘虏东突厥颉利可汗，彻底解除了蒙古草原游牧骑兵对唐朝的威胁。李靖也是一位军事理论家，唐朝的许多将军曾受到他的教益。唐太宗李世民还多次与他讨论军事理论问题，这些讨论记录被汇集成书，名为《唐李问对》（唐太宗与李靖的问答），也是中国历史上的一部著名兵书。

孙中山（公元1866～1925年）　中华民国的缔造者，中国国民党创始人。1911年领导人民革命推翻清朝，建立中华民国，担任临时大总统，结束帝制。但受军阀势力胁迫，很快下野。后创建中国国民党，与中国共产党联合，从反动军阀手中逐步夺取政权。

蒋介石（公元1887～1975年）　中国国民党领袖，中华民国总统。孙中山逝世后，他成为中国国民党领导人，直至1949年掌握着国民党政府的最高权力。1927～1936年，发动了对中国共产党及其领导的中国工农红军的长期"围剿"；1937～1945年，与中国共产党联合，组成反法西斯统一战线，抗击日本侵略；1946～1949年，再次对中国共产党进行"围剿"，遭到失败。1949年后去台湾，1975年病逝于台北。

毛泽东（公元1893～1976年）　中国共产党领袖，中华人民共和国的缔造者。1913年就读于湖南省立第一师范，开始革命活动；1921年出席中国共产党第一次全国代表大会；1924年在孙中山领导的国共两党合作期间担任国民党宣传部代理部长；1927年蒋介石破坏国共合作，大肆屠杀共产党人，毛泽东在湖南、江西边界发动秋收起义，创建井冈山革命根据地和中国工农红军；1935年领导红军胜利完成二万五千里长征，到达陕北，挫败蒋介石的"围剿"；此后一直在陕北延安领导抗日战争和中国革命，直至1949年推翻南京国民党政府，建立中华人民共和国。抗日战争（公元1937～1945年）中，红军改编为八路军、新四军；解放战争（公元1946～1949年）中，八路军、新四军发展为中国人民解放军。期间毛泽东一直担任中国共产党中央军事委员会主席，直接领导军队，从战略上指挥军队的行动。

图书在版编目(CIP)数据

孙子的战争智慧/钟少异著.—南昌:百花洲文艺出版
社,2008.8
(中华文化丛书)
ISBN 978-7-80742-414-7

Ⅰ.孙…　Ⅱ.钟…　Ⅲ.孙子兵法-研究　Ⅳ.E892.25

中国版本图书馆CIP数据核字(2008)第122988号

中华文化丛书

孙子的战争智慧

钟少异　著

出版者:江西出版集团·百花洲文艺出版社
　　　　(南昌市阳明路310号　邮编:330008)
电　话:(0791)6894736　　(0791)6894790
网　址:http://www.bhzwy.com
发行者:百花洲文艺出版社
印　刷:江西华奥印务有限责任公司
版　次:2009年7月第1版第1次印刷
规　格:860mm×980mm　16开本
印　张:9.625印张
字　数:100千字
书　号:ISBN 978-7-80742-414-7
定　价:56.00元

(如印装质量有问题,请与印刷厂联系调换)
电话:(0791)8368111